31番目のお妃様 8

桃 巴

B's-LOG BUNKO
ビーズログ文庫

イラスト／山下ナナオ

CONTENTS

31BANME NO OKISAKI SAMA 8

31番目のお妃様◆人物紹介
マクロン
ダナン国の国王。
『今日はいつから三十一日になったのです？』と言われなくなり、ホッとしている。
リカッロ(左)＆ガロン(右)
カロディア領主と弟。
フェリアの２人の兄でもある。
フェリア
ダナン国の王妃。
天空の孤島カロディア領出身。
元31番目のお妃様。

ペレ

妃選びの長老の長。

エミリオ（左）＆ジルハン（右）

マクロンの双子の弟。

ビンズ

第二騎士隊の隊長。
マクロンと幼少からの付き合いがある。

ローラ

カロディア領出身の女性騎士。

キャロライン

先王の第二側室。
フーガ伯爵夫人。

ソフィア

先王の第一側室。
ベルボルト領に下賜され、現在は貴人の位を持っている。

1 ◆◆◆◆ 離宮へ

白馬に乗った睦《むつ》まじい王と次期王妃《おうひ》に民《たみ》が手を振《ふ》る。

「デートですかー？」

拙《つたな》い文字で、烈火団《れっかだん》と書かれたマントを羽織った十歳程度の男の子が声をかける。

周りの大人たちが、『野暮《やぼ》だから』と男の子を連れていこうとするが、やんちゃな男の子はその腕《うで》をすり抜《ぬ》けて白馬に近づいた。

近衛《このえ》がサッと遮《さえぎ》るが、ピョンピョンと跳《と》びはねながら馬上の王と次期王妃に手を振る。

「おいらたちが、お供致《いた》します！」

そして、ゾロゾロと烈火団と書かれたマントの子どもたちが現れた。

「あのマントに見覚えがある」

マクロンが先頭を意気揚々《いきようよう》と歩く子どもの後ろ姿に苦笑《くしょう》した。

「あれが例の？」

フェリアはクスッと笑う。

「ああ、ビンズの口車にのせられ奪《うば》われたマントだ。元は、ソフィア貴人の部屋から拝借した例のやつだ」

先頭の子どものマントは、薄汚《うすよご》れてはいるがビロードにフリンジまで入った派手なものである。

王城を抜け出した幼いマクロンが、ビンズ率いる烈火団に入っていたことはフェリアも聞いている。

当時、団長ビンズの指示で家からマントになるような生地《きじ》を持ってくるように言われ、マクロンは父王のマントを思《おも》い浮《う》かべた結果、派手なものといえばとソフィア貴人の部屋から拝借したのだ。

その際に、先王の第二側室——今はフーガ伯爵《はくしゃく》夫人《ふじん》キャロラインのスカートに隠《かく》れてした犯行であることは、マクロンが墓場まで持っていきたい黒歴史である。

「警護のお駄賃《だちん》は何がいいかしら？」

フェリアは露天《ろてん》市場を見回した。

婚姻《こんいん》式間近の王都は賑《にぎ》わっている。様々な出店で活気に溢《あふ》れていた。

「菓子《かし》がいいだろう」

何やら、ジューと湯気が立つ露店《ろてん》をマクロンが指差した。

「今日は珍《めずら》しくゴーフル屋が出店している」

マクロンが馬から下り、フェリアに腕を伸《の》ばした。

フェリアは、マクロンの腕に抱《かか》えられながら馬を下りる。頬《ほお》が熟《う》れているのは、気恥《きは》ずかしいからだ。

「どう致しましたか!?」

近衛隊長より先に、先頭の烈火団団長が声を上げた。

「露天市場を素通《すどお》りできぬ。しかとお供せよ」

マクロンがそれらしい命令を出すと、烈火団が敬礼をして『はっ』と返答した。

「とっても頼《たの》もしいわ」

フェリアもマクロンに合わせる。

王と次期王妃の息の合った計らいに、王都の民は心が温かくなった。

「店主、ゴーフルを人数分頼む」

マクロンが視線を子どもらに一瞬《いっしゅん》向ける。

店主は心得たもので、『お任せを』と返答した。

「出来立てを用意しますので、どうぞ他の店を見て回ってくださいませ」

「ああ、わかった」

フェリアは、途端《とたん》にワクワクする。

「王都のデートは二度目の三十一日以来ですね」

「デート自体が二度目の気もするが」

マクロンが苦笑する。

フェリアはモジモジしながら、手を出した。

「例のあれでお願いします」

マクロンがフェリアの手を握《にぎ》る。指と指を絡《から》ませた手の繋《つな》ぎ方だ。

「フフ」

フェリアは嬉《うれ》しそうに、マクロンに身を寄せた。

「これは、なんというか、少し気恥ずかしいな」

マクロンの耳が少し赤い。だが、嬉しそうにフェリアに微笑《ほほえ》んだ。


烈火団のお供は関所までだ。

焼きたてのゴーフルを貰《もら》い、目を輝《かがや》かせている。

「また、頼みますわ」

フェリアは将来有望な騎士《きし》の卵たちに声をかけた。

「俺、絶対騎士になります！」

例のマントを羽織った現烈火団団長が膝《ひざ》をつく。

フェリアは、真剣《しんけん》な眼差《まなざ》しに応えるように名を問う。

「名前は？」

「俺の名はゼグです。父ちゃんを助けてくれてありがとうございました」

「えっと？」

フェリアには心当たりがない。

「父ちゃんは一年前、あの疫病《えきびょう》を……だから」

ゼグがグッと涙《なみだ》を堪《こら》えた。

フェリアはゼグをソッと抱《だ》き締《し》める。

いくら大事に至らなかったとはいえ、疫病の恐怖《きょうふ》は、幼いゼグに大きな心の枷《かせ》になったことは事実だろう。怖《こわ》かったに違《ちが》いない。そして、苦しかったに違いない。隔離《かくり》され、励《はげ》ますこともできなかったはずだ。

フェリアは、ゼグの涙をハンカチで拭《ぬぐ》う。

「待っているわ、王城で。あなたが騎士になるのを」

ゼグがフェリアを見つめ、口を開いた。

「忠誠の誓《ちか》いを」

それはとんでもなく素早《すばや》かった。ゼグがフェリアの手を取り、唇《くちびる》を落としたのだ。

フェリアはあまりのことでキョトンとしている。

マクロンがすぐにゼグの首根っこを掴《つか》みフェリアから離《はな》した。

「おい、そのおとぎ話で出てくるキザな誓いは、全くの間違《まちが》いだ！」

「ええっ⁉」

ゼグは、本気であれが騎士のする忠誠の誓いだと思っていたのだろう。

マクロンが、フェリアの手を取り袖口《そでぐち》で拭った。

周囲の騎士たちは、小さな子にも嫉妬《しっと》し対抗《たいこう》するマクロンに乾《かわ》いた笑いが出る。

反対に王都の民は、王の溺愛《できあい》を垣間見《かいまみ》ることができニヤけた笑《え》みを浮かべたのだった。


「ここまでではないのですか？」

フェリアは関所も一緒《いっしょ》に通過するマクロンに訊《き》いた。

「ああ、もう少し一緒に」

マクロンが片手で手綱《たづな》を操《あやつ》り、フェリアの腰《こし》を優《やさ》しく引き寄せた。

白馬はポクポクとゆっくり進む。

関所を出て、真《ま》っ直《す》ぐ進むとすぐに三つ又《また》の道に出る。左に行くと、王都に一番近い村がある。真っ直ぐ進むのが国道で、枝分かれしダナン各地に繋がっている。

右へ行くと離宮《りきゅう》へと向かう。その道に、王都の露天市場に入りきれなかった露天商《ろてんしょう》がすでに出店しているのだ。

「少し離宮までの道を確認《かくにん》したいから」

三日後には、この道をパレードで通ることになる。

「ところで、馬車は慣れたか？」

「やはり、馬車なのですよね」

流石《さすが》に花嫁衣裳《はなよめいしょう》で乗馬するわけにはいかない。フェリアなら、花嫁衣裳で乗馬も可能だがマクロンと二人で乗ることを考えれば、やはり馬車しかない。

「婚礼衣装《こんれいいしょう》で乗馬は難しいからな。それに、二人並んで紋章《もんしょう》ができるデザインだ。隣《となり》で座っていてほしい」

「そうですね。乗馬では紋章が出来上がらないわ」

マクロンの左袖《そで》と、フェリアの右袖に王家の紋章が施《ほどこ》されている婚礼衣装なのだ。

晴天であれば、天蓋《てんがい》を外した馬車でパレードするだろう。王と王妃の袖紋章も民に披露《ひろう》できる算段である。

「それに、乗馬だと手綱で両手が塞《ふさ》がれ、愛《いと》しい花嫁に触《ふ》れられないだろ？」

「衆目の前で触れるなど！」

フェリアがマクロンを見上げて抗議《こうぎ》すると、ソッと唇が落ちてくる。

フェリアは小さく『アッ』と声を漏《も》らすが、それもマクロンに食《は》まれた。

「ひ、卑怯《ひきょう》ですわ」

「じゃあ、フェリアが手綱を握ってくれ」

マクロンがフェリアに手綱を預ける。

「え？　ええっ⁉」

マクロンの自由になった両手が少々イタズラをし、フェリアに羞恥《しゅうち》を与《あた》えたのは言うまでもない。

2 婚姻式と蜜月

マクロンは城門前で仁王立《におうだ》ちするビンズから視線を逸《そ》らす。

近衛《このえ》隊長に目配せして、土産《みやげ》を手にした。

「クルクルスティックパンとゴーフルだ」

マクロンはビンズにズイッと差し出した。

「ありがとうございます。ところで、衣服に何やら紅色が？」

ビンズの言葉に、マクロンはハッとして胸元《むなもと》を確認《かくにん》する。

馬上で少々イチャイチャしすぎたようだ。

「あい、すまぬ」

明後日《あさって》の方向に謝罪の言葉を紡《つむ》いだ。

その方向に、フォフォフォフォと現れたのはペレだ。

「……待たせたか？」

マクロンが言った相手はペレではない。

ペレと一緒《いっしょ》に現れた者に対してだ。

「いえ、まだ着いたばかりです」

男と初めて会ったのは、マクロンが十五歳の時だ。

親元を離《はな》れる寄宿舎生活の代わりとしてダナン国内の視察に出た際に、途中《とちゅう》から随行《ずいこう》した人物である。

「マーカス・フォレット参上致《いた》しました。婚姻式《こんいんしき》に招待賜《たまわ》りましたこと、恐悦《きょうえつ》至極《しごく》に存じます」

マーカスは、ペレの嫡男《ちゃくなん》である。否、ハンスの嫡男と言った方が正確だろう。

「私の不在時は、マーカスが代わりに役目を担《にな》いましょう」

ペレとゲーテ公爵《こうしゃく》は、先のリュック王子の一件の詳細《しょうさい》が明らかになり次第《しだい》、カルシュフォンとの交渉《こうしょう》に向かうことが決まっている。

出立すれば、ペレが表面上ダナンから居なくなる。実際は一人残るのだが、元々三人体制だったペレが一人では負担が重くなる。

そこで、マーカスをフォレット領から呼んだのだ。

「カルシュフォンの一件は、どこまで調べは進んだ？」

昨日、リュック王子を捕《と》らえたばかりだ。

偽物《にせもの》のサシェの一件は、まだ終結していない。

現在、調査が進められている。

リュック王子による『幻惑草《げんわくそう》』と『幻覚草《げんかくそう》』、『クスリ』をミタンニに持ち込み暴利を貪《むさぼ》ろうとした計画は、マクロンとフェリア、臣下らによって阻止《そし》された。

悪事の芽を摘《つ》まなければ、ミタンニ復国は潰《つい》えていたことだろう。

この件に関わっていたセルゲイ男爵《だんしゃく》や、18番目と25番目の元妃家《きさきけ》、フーガ領の女性騎《き》士《し》候補だった二人組から証言を得ているが、全員リュック王子と直接繋《つな》がっている者らではない。

唯一《ゆいいつ》の繋がりがある幽閉《ゆうへい》島の島主ピネルは、口を割らない。『クスリ』の影響《えいきょう》で禁断《きんだん》症状《しょうじょう》が出始めて錯乱《さくらん》している。明確な証言が得られるのはまだ先になろう。

ペレが一呼吸して口を開く。

「幽閉島の監視《かんし》人は、元海賊《かいぞく》の親玉でしたぞ。奴《やつ》の船から押収《おうしゅう》した品の中に、『幻惑草』の種があったことが発端《ほったん》のようです」

ペレが幽閉島で捕らえた者らを尋問《じんもん》し、わかったのだ。

「海賊……なるほど、そいつが諸悪の根源か」

海賊船には、略奪《りゃくだつ》品が積まれているものだ。そこに『幻惑草』の種があり、幽閉島で栽培《さいばい》するようになったのだろう。

マクロンの言葉にペレが頷《うなず》く。

「これから、マーカスと共に詳細を調査しますゆえ、少々お待ちください」

「その調査が終われば、カルシュフォンに使者を出す。交渉の場だが……、敵国とも言えるカルシュフォンに乗り込むことは避《さ》けるべきだ」

ペレがフォフォフォと笑う。

「第三国での交渉が妥当《だとう》でしょうが、引き受けてくれる国はそうそうありますまい。ダナンと縁《えん》があり、カルシュフォンからも程《ほど》よい距離《きょり》にある国となれば」

「アルファルドが妥当だろうな」

マクロンはペレと頷き合った。

ダナンから早馬で一週間、通常十日ほど、カルシュフォンからは早馬で五日、通常一週間ほどの距離にあるのがアルファルドなのだ。

馬車では最低でもその三倍の時間を要する。

アルファルドは、両国の中間地点と言っても過言ではない。

「アルファルドはなんらかの医術的手土産があれば、首を縦に振《ふ》りましょう。元より、あちらの王弟嫡男ハロルドと王弟バロンが、ダナンに多大な迷惑《めいわく》を立て続けにかけた経緯《けいい》がありますれば、今度はこちらの迷惑を引き受ける番ですしな」

「ものは言い様だな」

マクロンはフッと笑った。

「アルファルドへはすぐに早馬の使者を出しましょう。問題は、カルシュフォンがアルフアルドでの交渉を承諾《しょうだく》するかですな」

ダナンと親交のある国で交渉することに、難色を示すかもしれない。

「ダナンに迷惑をかけたカルシュフォンが、こちらの提案した交渉場にケチをつけられると思うか？　未遂《みすい》に終わったとはいえ、ダナンは王族の悪事をいつでも公《おおやけ》にできるのだ。カルシュフォンが刃向《はむ》かえたとしても、それこそ難色を示して、交渉に挑《いど》むための時間稼《じかんかせ》ぎをするくらいだろう」

ペレがフォフォフォフォと笑う。

「確かに、そうでしょうな。結局は中間地点になるアルファルドが交渉場になりましょう。アルファルド王弟の件を引き合いに、ダナンは迷惑を被《こうむ》っても交渉次第で、友好的関係を築くことができると説くこともできますからな」

ダナンはその器《うつわ》をいつでも示している。

「交渉に関しては、未遂の件と引《ひ》き換《か》えに、カルシュフォンに在籍《ざいせき》するミタンニの民《たみ》の解放を第一に考えよ。公にするのは、証拠《しょうこ》がある小さな取引に留まろう。『クスリ』や『幻覚草』の追及《ついきゅう》も含《ふく》めて、ゲーテと十分に打ち合わせを」

マクロンの命に、ペレとマーカスが『はっ』と返答し踵《きびす》を返《かえ》した。

「王様」

控《ひか》えていたビンズがマクロンを呼ぶ。

「お着替《きが》えを」

「……あい、わかった」

ビンズの恐《おそ》ろしい笑《え》みに、このままでも構わぬとの思いは胸にしまったマクロンだった。


翌々日、晴天の空に音花火が上がった。

建国祭の始まりの合図だ。

マクロンは、王塔《おうとう》の最上階から王都を望む。

「すごいな」

民の熱量が、王城にまで届いている。

祝いの奏《かな》で、屋台から上がる湯気、マクロンとフェリアの色である空色と陽色の幟《のぼり》、婚姻式の装飾《そうしょく》布、沸《わ》き上《あ》がる歓声《かんせい》……目にも耳にも歓喜《かんき》が届く。

「昨年は、疫病《えきびょう》で建国祭を行えませんでしたから。今年は婚姻式も同時開催《かいさい》ですし、民の意気込《いきご》みが違《ちが》います」

近衛隊長が言った。

建国祭を皮切りに、翌日から婚姻式が反転日程で行われる。

マクロンは、明日離宮《りきゅう》へフェリアを迎《むか》えに行くのだ。

本来なら、霊廟《れいびょう》での婚姻の宣誓《せんせい》、式典を経て、王城から離宮までのパレード、離宮での三日間の……蜜月《みつげつ》であるが、今回はパレードから始まる日程になっている。

建国祭、パレード、霊廟での婚姻の宣誓と式典、三日をかけて開催される。

マクロンの努力の結果、王城で三日間の蜜月を勝ち取ってある。

正確に言えば、三日間の31番邸《てい》暮らしだ。その間の玉座は、エミリオに任せることになっている。補佐はイザベラとジルハンだ。

婚姻式に招いた他国の使者とどう渡《わた》り合《あ》えるか、経験を積むことになる。ペレの代わりにマーカスも控えることが決まっていた。

とはいえ、マクロンが三日間31番邸にこもることはできない。マクロンは午後からは王塔で政務を行うことになっている。

フェリアだけが、31番邸でマクロンの帰りを待つ新婚《しんこん》さん生活だ。もちろん、フェリアが待つだけに留まらないことは、予想できるが。

「王様、リカッロ様が面会を申し出ております」

文官がマクロンに告げる。

フーガ領から戻《もど》る際、リカッロとガロンも一緒に連れてきていた。離宮に留まらせていたが、フェリアに何かあったのだろうか。

「執務室《しつむ》に通せ」

文官が急いで下がる。

マクロンは執務室に向かった。


「王様」

リカッロが膝《ひざ》をつく。

「義兄殿《ぎけいどの》、どうされましたか？」

マクロンはフェリアの兄リカッロとして、言葉をかけた。

「いえ、本日は兄ではなくダナン国カロディア領主兼《けん》『薬事官』として参上致しました」

「何用だ、リカッロ」

マクロンはすぐに王へと切《き》り替《か》える。

「『薬事官』として、練り香『クスリ』を調査したく、カルシュフォン並びにミタンニへの出向を賜りたく存じます」

マクロンは少々ビックリした。ガロンが言うならともかく、領主のリカッロが申し出るとは思わなかったのだ。

「カロディアを長らく空けることになるぞ」

「元より、カロディアの薬師は行商や薬草の調査で一年の半分ほど家を空ける者もおります。それは領主も同じで、不在時の体制は整っております。今回は私の専門、軟膏《なんこう》の調査となります。ですから、領民から異論は出ませんでした」

確かに、カロディア領は領主自ら外に出て薬を届ける行商を行っている。

フェリア、リカッロ、ガロンの両親は帰路の途中で、事故に遭《あ》い亡《な》くなっている。その原因はダナン王家にあり、マクロンの心痛めるところだ。

「……今回の件は、少々危険だ」

「十分理解しております。フェリア……いえ、次期王妃《おうひ》様の賛同も得られましたので」

つまり、離宮でフェリアを説得して王城に来ているのだろう。

「現在、アルファルド王弟バロン様がカロディアに滞在《たいざい》しております。私の不在時には、アルファルドの医術とガロンの薬草知識が互《たが》いに向上することと思われます」

美味《おい》しいところをついてくるものだと、マクロンはニンマリ笑った。

ガロンとバロンの力で、フーガ伯爵《はくしゃく》の『クスリ』漬《づ》けの状態を改善し、治療《ちりょう》ができるともリカッロは胸を張る。

「なるほど、確かに得るものが多そうだ」

リカッロが顔を上げてニッと笑った。

「婚姻式後、調査が終わり次第、ゲーテとペレがカルシュフォンと交渉するためにアルファルドへ発《た》つ予定だ。ミタンニにも足を伸《の》ばすことになっている。一緒に行ってくれるか？」

「はっ！」

そのつもりでリカッロは王城に来たのだろう。

マクロンは一年ほど前の疫病発生時を思い出す。その時もリカッロが9番目の元妃の国に出向き病を治めた。今回もまた同じだろう。対外的なことをリカッロが担っており、内的なことをガロンが請《う》け負《お》っているようだ。

「必要な物はこちらで用意しよう」

「ありがたき幸せに存じます」

マクロンとリカッロは互いに頷き合った。

リカッロが立ち上がる。

「それから、フェリアは昔から子どもは三人がいいと。兄、妹、弟が理想だとままごとをしておりました。それで、旦那《だんな》様は外から帰った際は、子どもより先に奥様《おくさま》を抱き締《だし》めるものだとも。いやあ、私もガロンもその妄想《もうそう》劇に付き合わされました」

今度のリカッロの言葉はフェリアの兄としてのものだ。

マクロンは頬《ほお》を少し掻《か》きながら考える。

「その妄想には……いや、理想には一生付き合うと宣誓する」

リカッロが嬉《うれ》しそうに破顔する。

マクロンは『参ったな』と照れながら答えたのだった。


離宮にも建国祭の賑《にぎ》わいが届いている。

だが、離宮はそれ以上に騒々《そうぞう》しい。

「ソフィア貴人！　フーガ伯爵夫人《ふじん》！」

フェリアは湖の中央に浮《う》かぶ小舟《こぶね》に乗るソフィアと、フーガ伯爵夫人であるキャロラインに手を振る。

カルシュフォンの一件で、フーガ領幽閉島で危機に陥《おちい》っていた一行は、マクロンに救助され、現在は離宮に滞在している。

アルファルドの王弟バロンだけは、念願のカロディア領に入領できたようだ。

『クスリ』漬けになったフーガ伯爵もカロディア領で療養《りょうよう》中だ。

セナーダの第二王子、否、王兄に関しては、『幻惑草』と幽閉島に送られた針子に関しての証言を得るため、ダナン王城で聞き取りが行われているという。客観的な証言が得られるだろう。

フェリアに気づいたキャロラインが立ち上がる。

すると、小舟がグラリと揺《ゆ》れた。

「キャロ、動くでないぇ！」

「ソフィ、動くというのはこういうことよ」

キャロラインがピョンピョンと跳《は》ねた。

「キャロォォ！　座れぇぇ」

その様子を見て、フェリアはクスクスと笑った。

「フェリア様」

ゾッドがフェリアに声をかける。

「偵察《ていさつ》隊から報告が」

フェリアは振り返った。

レンネル領の女性騎士候補が二人、膝をついて控えている。

二人は、婚姻式後、正式に女性騎士として承認《しょうにん》することが決まっている。

一方、フーガ領の二人組は、現在王城の地下牢《ろう》だ。

幽閉島で悪事に関わっていた者らも、同じく地下牢に入れられているとマクロンから聞いている。ペレが調査を任されており、フェリアが王城に戻る頃《ころ》には色々と判明していることだろう。

「離宮周辺の森に異常はありません。……不審者《ふしんしゃ》と思われる人物がおりましたが」

「ガロン兄さんでしょ？」

フェリアは森で薬草を探すガロンを容易に想像できた。

「フェリア！」

湖の対岸から、ちょうどガロンが声を上げた。

かごを背負い、手を振っている。

その手には、何やら棒のような物が見える。

「何を持っているのでしょう？」

ゾッドが目を細める。

「……天然の芋《いも》ね」

森で掘《ほ》り起《お》こしたに違いない。胃もたれなどに効果がある滋養強壮食《じようきようそう》である。さらに、美肌《びはだ》効果もある自然からの賜物《たまもの》だ。

キャロラインの漕《こ》ぐ小舟が、ガロンの方へ向かっていく。

どうやら、ガロンをこちらに運んでくれるようだ。

「キャロォォ、三人も乗れるのかぇ⁉」

ソフィアの絶叫《ぜっきょう》が湖にこだました。

ここは、31番邸でなく離宮である。

しかし、いつもと変わらない光景だとゾッドらは思うのであった。


パレード当日を迎えた。

夜明け前の清らかな空気をフェリアは大きく吸った。

パレードは午前中から始まる。そのため、フェリアは早起きをして支度《したく》に入る。

マクロンもすでに、離宮に向かっていることだろう。

フェリアは湯殿《ゆどの》の前で立ち止まった。

「あの、やっぱり一人で大丈夫《だいじょうぶ》」

「なりません！」

侍女《じじょ》のケイトがズイッと前に出る。

フェリアは、今まで湯殿のお世話を拒《こば》んできた。

人に裸《はだか》をさらすのに、抵抗《ていこう》があったからだ。

一度、キュリーの侍女らに湯殿で整えられた時の羞恥《しゅうち》を、フェリアは思い出す。

「子どもじゃあるまいし、平気よ」

「ええ、子どもではありません。王妃になられるのです！」

ケイトがフェリアの前で深く膝を折った。

王妃専属侍女もいっせいに膝を折る。

「私たちの任は、王妃様のお世話です。婚姻式前の湯浴みは、その最たる役目です。王様に、最高のフェリア様をご覧いただかねばなりません」

「ケイト……」

ケイトが顔を上げる。

「頭のてっぺんから爪《つめ》の先まで、磨《みが》かせていただきます」

フェリアは頷いた。

「今後は、お慣れください。お一人の身でなくなるのです。私たちも同志ですから」

フェリアは涙《なみだ》ぐみそうになる瞳《ひとみ》にグッと力を込《こ》める。

フェリアはもう、一人のフェリアでない。マクロンと同じように、多くの同志と身を一つにする存在になるのだ。

同志全てがフェリア自身になる。

王マクロンはマクロンだけで存在しない。手足である第二騎士隊、鎧《よろい》である近衛隊、城である第三騎士隊、武器である第四騎士隊、知謀《ちぼう》に長《た》けた臣下ら、全てが王マクロンであるのだ。

「ええ、そうね。私をダナン王妃に整えなさい」

フェリアは背筋を伸ばした。

「お任せを！」

王妃フェリアがパレードの早朝に姿を現す。

「お綺麗《きれい》です……」

王妃専属の侍女らがフェリアを眩《まぶ》しそうに眺《なが》めている。

ケイトが姿見をフェリアの前に置いた。

花嫁衣裳《はなよめいしょう》を身に纏《まと》ったダナン王妃の姿がそこに映っている。

袖《そで》の紋章《もんしょう》と裾《すそ》の刺繍《ししゅう》以外全く装飾のない花嫁衣裳でありながら、目を奪《うば》われるのは、花嫁の凛《りん》とした佇《たたず》まいが、高潔という装飾になっているからだろう。

髪《かみ》はいつもと違い結《ゆ》い上げられ、精巧《せいこう》な刺繍のリボンが髪に揺れる。フェリアが花嫁衣裳に合わせ、丹精《たんせい》込めて作ったリボンである。

「皆《みんな》、ありがとう」

後は、マクロンの迎えを待つのみである。

コンコン
「ソフィア貴人様、フーガ伯爵夫人様がおいででございます」

扉《とびら》番の侍女が伝える。

フェリアが頷くと、女性騎士のローラが扉を開けた。

この部屋に、ゾッドらお側騎士《そばきし》はいない。花嫁を最初に目にする異性は、花婿《はなむこ》と決まっているためだ。

マクロンが到着《とうちゃく》するまで、フェリアの警護はローラとベル、レンネル領の女性騎士候補二人だけである。

ゾッドらお側騎士はすでに正装に身を包み、廊下《ろうか》で待機している。

「ダナン王妃様」

ソフィアとキャロラインが膝を折った。

本来はフェリアの警護に六人態勢を予定していたが、四人になったため、抜《ぬ》けた二人分の女性騎士の代わりに、ソフィアとキャロラインがフェリアの周囲に侍《はべ》ることになった。

警護の一翼《いちよく》になると、第四騎士隊隊長ボルグが進言したのだ。

その進言に、マクロンが『二人セットなら、一翼でなく悪魔《あくま》の双翼《そうよく》だろ』と内心突《つ》っ込んだのは言うまでもない。

二人の圧倒的《あっとうてき》存在感が周囲に漂《ただよ》うのは明らかで、その気配で足が竦《すく》む者もいよう。常人離《ばな》れした二人だからである。

本来なら、親族の女性が花嫁の付き人になるのだろうが、フェリアには姉妹《しまい》も従姉妹《いとこ》もいない。

ソフィアとキャロラインは、フェリアにとって親族のようなものだろうということで決まった。

「お願いします」

フェリアは目礼だけで返した。ダナンで、フェリアが膝を折る存在はマクロンだけなのだから。


控え室から花嫁以外の者が下がる。

「お二人の時間を」

ケイトらが下がった扉から、マクロンが入室した。

「マクロン様……」

名を呼ぶだけで、フェリアの胸は熱くなる。

「いつもと変わらず、私が求むフェリアだ」

着飾《きかざ》ったフェリアを特段に褒《ほ》めることなど、マクロンはしない。

「フェリアの本質は、いつだって変わらず私を惹《ひ》きつける」

フェリアにとっては最高の褒め言葉だろう。

頬に煤《すす》がついたフェリアも、畑を耕すフェリアも、狡猾《こうかつ》な貴族らと渡り合うフェリアも、身なり構わず怪我人《けがにん》や病人と向き合うフェリアも、花嫁衣裳に身を包んだフェリアも、マクロンにとっては変わらず、心を奪われるのだ。

『一段と綺麗だ』などと陳腐《ちんぷ》な言葉は、マクロンにはない。

それは、フェリアも同様である。

「マクロン様も、いつだって私を惹きつけます」

フェリアは鼓動《こどう》を押さえるように胸の前に手をあてた。

だが、その手はマクロンによって捕らえられる。

「フェリア」

マクロンが片膝《かたひざ》をつき、フェリアの左手の甲《こう》にソッと唇《くちびる》を落とした。

だが、言葉は続かない。

フェリアはマクロンと同じように片膝をつく。

フェリアもマクロンの左手に唇を落とした。

マクロンとフェリアは、片方だけが乞《こ》う繋がりではないのだ。

「生涯《しょうがい》、体温を預けるのはフェリアだけだ」

マクロンがフェリアを抱き寄せる。

「はい、私も同じです。唯一これだけは……温《ぬく》もりだけは、二人で一つだから」

二人立つなら、二人分の力。それが、マクロンとフェリアの決意だ。だが、唯一互いの体温だけは二人で一つだと心を通わせる。生涯、他の誰《だれ》にも代わりはいない。

「……ゼグに、先に奪われたのが悔《くや》しい」

マクロンがフェリアの耳元でふて腐《くさ》れたように呟《つぶや》く。

フェリアはクスッと笑った。

「ゼグに……ダナンの子に、私たちの温もりが最初に伝わったのなら」

「ああ、ダナンの未来へ繋がるな」

マクロンがフェリアの手を取って、二人で立ち上がった。

「ダナンの子に、先を越《こ》されたと思えば本望《ほんもう》だ。だが」

マクロンがそこで言葉を止めて、フェリアを見つめる。

フェリアは小首を傾《かし》げた。

「だが？」

言葉の続きをフェリアは問うように、マクロンの瞳を覗《のぞ》き込む。

結った髪を崩《くず》さないように、マクロンはフェリアの首を包んで引き寄せ紅を拭《ぬぐ》う。

唇に触《ふ》れるマクロンの指が、少し開いたフェリアの口に留まる。

フェリアは羞恥で目が泳いだ。

「誰の目にも触れぬ、二人だけの誓《ちか》いを」

マクロンがフェリアに口づける。

フェリアは瞳を閉じ、誓いの口づけに身を委ねた。

この部屋を出れば、ダナンの王と王妃として皆に誓いを立てるだろう。マクロンとフェリアでいられるのは、今この時だけだから。

――後にも先にも、もうこの時は来ない。

「フェリア」

マクロンがフェリアの額に自身のそれをコツンとあてる。

「マクロン様」

フェリアは吐息《といき》のかかる距離で、マクロンを見つめる。

「ケイトに怒《おこ》られてくださいね」

「ああ、甘んじて受けよう」

フェリアの紅を落としたことに対して、きっとマクロンはケイトのみならずビンズにもこっぴどく怒られることだろう。


「王子様とお姫《ひめ》様みたい！」

パレードを見ている女の子が、目をキラキラさせて発した。

フェリアは馬車から女の子に手を振る。

「幼い頃の夢が叶《かな》ったのかしら」

「確か、『王子様が迎えにきてお姫様になるの』だったか？」

マクロンがクッと笑う。

「ええ、迎えではなく自ら乗り込みましたが。フフ、違いますわ。嫌々《いやいや》、牛車で連行されたんです。城門でけんもほろろにあしらわれ、露天《ろてん》市場でクルクルスティックパンを食べている最中に、担《かつ》がれるように連れ戻され、あれよあれよと後宮入りしました」

フェリアはなんとも愉《たの》しげに言った。

「ハハ、私もあの頃は嫌々妃と交流していたぞ」

マクロンもフェリアと同じように懐《なつ》かしげに言う。

その懐かしさの一場面が、マクロンの脳内に浮かんだ。

「……頬に煤がついたまま、邸内《ていない》に案内してくれたフェリアを今でも覚えている」

マクロンがフェリアの頬にソッと触れた。

「マクロン様……」

マクロンとフェリアは見つめ合う。

「私も初めて瞳を交《か》わしたあの朝を覚えています。妃だと気づいてくれ、名を呼ばれたあの時を」

二人は出会いの日——最初の三十一日を思い出していた。

フェリアは妃選びに興味を示さなかった。否、現実味がなかったと言った方が正解だろう。

しかし、心の奥底にしまっていた乙女《おとめ》の種が、あの朝芽吹《めぶ》いたのだ。

本物の王が、目の前で自分の名を声にしたのだから。

マクロンも同じだ。やっと、妃という存在を認識《にんしき》したのかもしれない。心が求めていたものを自覚したのだ。それも小さな芽吹きだったと言えよう。

そして、マクロンとフェリアは二人だけの世界に行ってしまう。

「えー、コホン」

近衛隊長が咳払《せきばら》いした。

「城門前にそろそろ到着致しますので」

二人はハッとして、周囲を見回した。

民から歓声が上がった。

マクロンとフェリアは血色の良《よ》い笑顔《えがお》で、民に手を振ったのだった。

鐘《かね》が鳴る。王家の霊廟門が開いた合図だ。

パレードを終えた翌日、マクロンとフェリアは霊廟での宣誓のため岩山を望んでいた。

ダナンでの婚姻は神に誓うものでなく、世界樹に誓うものとされている。

ゆえに、王家の神殿《しんでん》は存在せず、ダナンの地に誓いを立てるのが婚姻の決まりだ。

ダナンでは、婚姻する二人が誓いの木を定め、葉を二枚摘む。

互いにその葉を一枚ずつ生涯持ち続け、その身が潰えた時に、誓いの葉と一緒にダナンの地に戻るのだ。

マクロンが岩山を登り、世界樹から葉を二枚摘んできた。

フェリアの髪にソッと差す。

「いつか、この霊廟に葉と共に戻ります」

フェリアはダナンを築き上げた先人たちに膝を折った。

マクロンも胸ポケットに葉を差し込み、膝を折る。

「葉の潰えることなき、この地の繁栄《はんえい》を誓います」

それが、ダナン王が脈々と続けてきた宣誓である。

建国祭、パレードと二日続いていた歓声は、鐘が鳴ってから聞こえてこない。

誓いの時を、民も一緒になり世界樹に祈《いの》っているからだ。

マクロンがフェリアの手を取って、歩き出す。

霊廟門では、エミリオとジルハンが待っていた。

二人がマクロンの目配せに頷き、鐘を打つ。

途端《とたん》に、歓声と拍手《はくしゅ》が響《ひび》いてきたのだった。


大広間で盛大《せいだい》な夜会が催《もよお》されている。

妃選び終了《しゅうりょう》の夜会の比ではない。

マクロンは各国からの招待客全てと挨拶《あいさつ》を交わし終え、フェリアの手を取って会場を後にした。この先はエミリオの出番だ。

婚姻式を終えたばかりの二人を引き留める無粋《ぶすい》な者はいない。

そのために、全員と挨拶を交わしたのだ。

「招待客が多すぎた」

マクロンは後宮に入り、大きく息を吐《は》き出《だ》した。

「ええ、まさかあんなに多いとは」

それもこれも、昨今のダナン情勢を鑑《かんが》みれば頷ける。

上昇《じょうしょう》気流に乗るダナンに、人が集まるのは当然だ。

美味しい蜜《みつ》はないものかと、各国がダナンに注目しているのだから。

マクロンはフェリアとのんびり後宮を歩く。

フェリアの緊張《きんちょう》を和《やわ》らげるためだ。

いや、自身もそうなのかもしれない。

「ゆっくりでいい。時間はあるから」

マクロンはフェリアの手を優《やさ》しく包む。

「ええ、霊廟に入るまでずっと」

フェリアが身を寄せた。

そして、一つの影《かげ》となった二人は31番邸に入っていった。


「いってらっしゃい」

フェリアははにかみながら言った。

マクロンがフッと笑う。

「政務が終わり次第、すぐに戻ってくるから」

フェリアの頭上にキスを落とし、マクロンは王塔に出勤していった。

つまり、一夜明けた午後なのだ。

「フェリア様、湯浴みを」

ケイトが満面の笑みで言った。

フェリアは真っ赤になりながら頷く。

「お幸せそうで何よりです。お体は大丈夫でしょうか？」

フェリアはコクコクと頷く。

いくら、マクロンの甘い刺激《しげき》が一晩中続いたとはいえ、フェリアは一般的《いっぱんてき》な令嬢《れいじょう》のようにベッドの住人になることはない。健《すこ》やかな身体《しんたい》は、気怠《けだる》さより幸せの方が勝っていた。

フェリアがマクロンを見送っている間に、寝室《しんしつ》は王妃専属侍女によって整えられている。

初夜の証《あかし》は、王妃専属女官によって確認され回収された。

これにより、全ての婚姻の儀式《ぎしき》は終わったことになる。

「体は、平気よ。えっと、今日の湯浴みも世話になるものなの？」

フェリアは羞恥で体が熱い。

「はい、もちろんにございます。甘い夜は一日では終わりませんから」

ケイトが嬉しそうに、フェリアを湯殿に促《うなが》した。

湯浴み後、外のティーテーブルでとてつもなく遅《おそ》い昼食を摂《と》っていると、門扉《もんぴ》をペレと見知らぬ男が通ってきた。

ペレが満面の笑みで挨拶する。

「フェリア様、いいえ、王妃様、ご機嫌麗《きげんうるわ》しゅう」

ケイトやペレを含め、皆同じ満面の笑みにフェリアはさらされ、居心地《いごこち》が悪い……とは言わないが、恥《は》ずかしい。

「当たり前じゃない」

フェリアは背筋を伸ばして答えた。

「それは、それは何よりです」

これもケイトと同じ返しで、フェリアはフイッと視線を逸らした。

そして、見知らぬ男と目が合う。

男はすぐに膝をつき、頭を下げた。

ペレが男の肩《かた》に手を置き、口を開く。

「嫡男のマーカスです。私がカルシュフォンと交渉する間の代理ですぞ」

「マーカス・フォレット参上致しました！」

フェリアは、まじまじとマーカスを見つめる。

ペレがニンマリと笑んでいる。

意味深な笑みを、フェリアは瞬時《しゅんじ》に理解した。どのペレの嫡男であるのかわかるかと笑んでいるのだ。

「あなたはどんな変装を？」

思ってもいないフェリアの問いに、ペレもマーカスも目を見開く。

「下男はお得意？」

フェリアはフフッと笑った。

「……はい。私は下男の息子《むすこ》でもありますれば」

つまり、ハンスの息子だとマーカスは答えたのだ。

「こういうお方だ、マーカス。必ず、フォレット家の役目を果たすように」

フォレット家は、王族を逃《に》がす役目を代々引き継《つ》いできた。マーカスもすでにその役目を理解しているのだろう。

ペレがフォフォフォと笑って続ける。

「私は、交渉のためダナンを出国することになりますゆえ、マーカスをお使いに」

もちろん、もう一人のペレはダナンに残るだろうが、姿を現せない。

「私の担当がマーカスね」

マクロンの担当がもう一人のペレになる。王塔で、姿を隠《かく》す術《すべ》をペレはわかっているからだ。これが、表面的にペレ不在の態勢ということだろう。

「さて、早々ではありますがカルシュフォンの一件の報告を」

ペレがリュック王子の一件の報告に移る。

「思わぬ者が、この件の始まりでした」

ペレがフーガ領でこの件に加担していた者の名簿《めいぼ》をティーテーブルに置く。

フェリアは、それをペラペラ捲《めく》りながら、ペレの報告を耳にする。

マクロンも別のペレから報告を受けていることだろう。

「まず、海賊船からの押収品の中に『幻惑草』の種があり、それを密《ひそ》かに栽培したのが始まりです。最初は塔《とう》で幽閉している者が錯乱したり、眠《ねむ》れなかったりしていたことに対して使用するために栽培していたと……監視人がピネルにそう勧《すす》めたのです」

「監視人？」

フェリアはまだ監視人が元海賊の親玉だと知らない。

ペレが、名簿を指差しながら説明する。

「はい。この監視人は元々幽閉されていた元海賊の親玉で、奴の船から『幻惑草』の種を押収したのです。押収品としてきちんと保管しておりましたが、改心したと判断された元海賊の親玉が、島内のみ幽閉を解かれると、『幻惑草』による幽閉者の管理をピネルに進言し、監視人に抜擢《ばってき》されました。『幻惑草』の使用方法を知っていたからこそ、監視人にするのは都合が良かったのですな」

フェリアはなるほどと小さく頷く。

「確かに、思わぬ者が発端となったのだわ」

「はい、そのようです。元々海賊ですから、多くの国を船で渡っていたようで、カルシュフォンとはつてがあったのですな。『幻惑草』は島内の使用に留まらず、カルシュフォンへ持ち出されたのです」

闇取引《やみとりひき》される品物や国の情報を、元海賊なら知っていよう。『幻惑草』を取引できる国を知っていたのだ。

「ピネルは監視人の口利《くちき》きで、最初は細々とカルシュフォンの闇業者と取引していたそうです。余剰《よじょう》分の『幻惑草』を売って金品にしていたと。すると、少量ではありますが、安定した『幻惑草』の取引を嗅《か》ぎつけたリュック王子が、練り香『クスリ』を手土産に売買に加わったようです。そこから、ピネルは島内で秘密裏《り》に練り香『クスリ』を販売《はんばい》するようになったのです。監視人が証言しました」

練り香『クスリ』が存在するということは、カルシュフォンが『幻惑草』と『幻覚草』を調合していることになる。

練り香『クスリ』自体を仕入れている可能性もあるが、それならば、ピネルと『幻惑草』の取引をする必要はないだろう。練り香『クスリ』がカルシュフォンで作られているからこそ、『幻惑草』を欲《ほっ》するのだ。

禁止されている薬草なのだから、喉《のど》から手が出るほど欲《ほ》しいだろう。それも、安定的、継続《けいぞく》的に入手できるなら願ったり叶ったりに違いない。

ピネルにしてみれば、『幻惑草』は幽閉者の管理のため、『クスリ』は痛みのある者を和らげるため、用法用量を守って使っていたと自負していそうだ。悪事という泥沼《どろぬま》に片足をう。


　入れているとは思ってもいなかったのだろう。

　互いの思惑《おもわく》は、この時点でさほど重なってはいなかった。

「フーガ伯爵が島民の異変に気づき、幽閉島に潜入《せんにゅう》し証拠を集めていたのです」

　ピネルにとっては厚意《こうい》による行動であったが、フーガ伯爵には悪事にしか見えないだろう。

「それがなかったら、リュック王子を追いつめられなかったわ。今回の偽物のサシェを使ったミタンニへの運搬《うんぱん》は未遂に終わったのだもの、なんとでも言《い》い逃《のが》れできるわ」

　それは、マクロンも認識していることだ。

　芋煮《いもに》会でもリュック王子は、未遂の取引だと声高《こわだか》に言い、逃れようとしていた。

「カルシュフォンは、ミタンニ崩壊《ほうかい》の時にも加担していたし、今回もそう……王子が悪事に手を染めている。きな臭《くさ》い国のようね。練り香『クスリ』に関して、どこまでカルシュフォンに切り込めるか。中途半端《ちゅうとはんぱ》にすると、後々厄介《やっかい》になりそうだわ」

　フェリアは、カルシュフォンがミタンニ復国の足枷《あしかせ》になるのではと眉間《みけん》にしわを寄せる。

　だからこそ、リカッロが向かうことに反対はしなかった。練り香『クスリ』は突き止めておかなければいけない事案だ。

「国の治め方にも様々ありますからな」

　ペレが目を細めながら言った。

「……そうね。正義だけで国は治められない。暗躍《あんやく》する者がいてこそ、国が成っているのだもの」

ダナンでは、三つ子のペレこそがそれだ。

そして、引き継ぐマーカスも。

ペレとマーカスが、フェリアの言葉に目礼する。

「カルシュフォンは、様々な国に嗅覚《きゅうかく》を働かせているのかもしれないわ。それで嗅ぎつけたのね、幽閉島を」

「そうですな。幽閉島は外部の目が届かぬ地ですから、禁止されている薬草を栽培しても気づかれない。そんな都合の良い栽培地を知って、リュック王子は動いたのでしょう」

そんな時、ミタンニ復国が宣言され、ピネルはサブリナとの縁談《えんだん》が白紙になった。

ミタンニ復国は、カルシュフォンからすれば寝耳《ねみみ》に水であっただろう。

カルシュフォンに激震《げきしん》が走ったに違いない。その対応にいち早く手を挙げたのがリュック王子なのだろう。『幻惑草』の取引をしていたからだ。

「ピネルの憎悪《ぞうお》を利用し、リュック王子は大きな取引を考えついたのだわ」

祝い品のサシェの趣向《しゅこう》を利用し、偽物のサシェを作って多量の『幻惑草』を運ぶことを、リュック王子がピネルに持ちかけたに違いない。

伯爵の座も、公爵の座も失ったのに、ダナンに忠誠を尽《つ》くす義理はないとでも言ったのだろう。ピネルの憎悪を煽《あお》るように。

さらに、ミタンニで貴族になればいいのではとも。

そこで、互いの思惑は一致《いっち》したのだろう。

フェリアはこの件に加担した者らを思い浮かべる。

キャサリンのことで恨《うら》みを持つセルゲイ男爵。フェリアにもサブリナにも心証の良くない元妃ら。時流に乗れなかった元妃家。花嫁衣裳でマクロンの逆鱗《げきりん》に触れ地位を落とした仕立屋。……サシェ事業に合格できなかった針子らもいるかもしれない。

一泡吹《ひとあわふ》かせられるだけでなく利益も得られるのなら、二の足を踏《ふ》むことはないだろう。

「セルゲイ男爵の証言によれば、ピネルがキャサリンの不遇《ふぐう》に同情し、意趣《いしゅ》返しの偽物のサシェを売りさばき溜飲《りゅういん》を下げないか、と持ちかけてきたとのことです」

安全に王都までブツを運ぶために、セルゲイ男爵は目をつけられたのだ。それだけではない。一件がバレそうになれば、犯人として提供するための駒《こま》としても。

セルゲイ男爵の報酬《ほうしゅう》は、運搬料と『幻惑草』入りサシェ十個だったという。この取引が上手《うま》く運び継続されれば、毎回同じ報酬を得られる約束だったようだ。

サブリナが『王妃のサシェ』に気づかなければ、否、ゲーテ公爵夫人が口を滑《すべ》らせなければ、判明していなかったかもしれない。

粛々《しゅくしゅく》と闇で『幻惑草』が運ばれていたなら、ミタンニのみならずダナンでも知らぬ間に広がっていたことだろう。

セルゲイ男爵は、後々『中の香草を焚《た》けば夢心地《ゆめごこち》になれます』と配った貴族らに時期を見て耳打ちしようとも思っていたと自白したのだ。依存《いぞん》してからは高値で売る予定だったとも。取引が継続されれば可能だろう。

それにより、さらに、セルゲイ男爵は犯人として提供される下地が出来上がるのだ。

セルゲイ男爵は、『幻惑草』を荷屋敷《やしき》に運んだ。そこで、ピネルにさらなる計画を聞かされたという。

否、練り香『クスリ』で気分が高揚《こうよう》していたピネルが口を滑らせたと言った方が正しい。

『幻惑草』の対《つい》になる『幻覚草』があること、二つを調合すると『クスリ』になること。

大取引はミタンニで行われると、ピネルは饒舌《じょうぜつ》に語ったそうだ。

だが、カルシュフォンやリュック王子の名まで、ピネルは口にしなかった。

セルゲイ男爵がピネルから聞いたのは、取引先は大物だとのことだけである。

「セルゲイ男爵はピネルとは繋がっていますが、その先のリュック王子とは繋がっていません」

それは、他の加担者も同じである。

「セルゲイ男爵同様、元妃家もピネルに唆《そそのか》されこの件に加担しました。祝い品のサシェと、本物か偽物か判定できないほどの逸品《いっぴん》を作って、見返してやればいいと。作る場も提供するし、作ったサシェは全部買い取るので損はさせないと甘言《かんげん》を弄《ろう》したようです」

元妃家は、サブリナが王妃になると見込み売り込みをしていたが、当てが外れる。サブリナに目をつけられ、マクロンにもフェリアにも見放された。ミタンニ復国の時流にも乗れていない。

ピネルに声をかけられ、その甘言にのったのだ。

ピネルが買い取ることで報酬は得られる。悪事の場もピネルに任せればいい。材料と針子を用意するだけ。自らの手で販売する危険は冒《おか》さず、利益を得られることに二の足を踏むことはなかった。

冷静に考えれば、ピネルになんの益もない商売だ。その違和感《いわかん》は、時流に乗った貴族らの顔がちらつき霧散《むさん》したのだろう。

ピネルにしてみれば、サシェの値程度の損益など痛《いた》くも痒《かゆ》くもない。『幻惑草』の取引で得られる大きな利益があるからだ。

「元妃家も、ピネルとは繋がりますがリュック王子とは繋がりません」

ペレが顔をしかめる。

フェリアもここまでの報告を聞き、小さく息を漏《も》らした。

「これはなかなか厄介な交渉になりましょう。カルシュフォンは、リュック王子に全てを背負わせることでしょうな。『幻覚草』も練り香『クスリ』も知らぬ、存ぜぬ。リュック王子だけが知っていることで、カルシュフォンは国として加担していないと」

「ええ、落としどころとしてそれで構わない」

フェリアが昏睡《こんすい》したアルファルドの時と同じで、公にできない交渉はある。エミリオやジルハンのことも同じだ。各国に知らせた疫病のことも。それぞれの国で内々に処理したこともあるだろう。

各国に出回っていただろう『紫色《むらさきいろ》の小瓶《こびん》』という毛生え薬は、秘密裏に取引されていたはずだ。その取引に、貴族が関わっていないことはないのだから。

「この状態で、どこまでカルシュフォンから引き出せましょうか？　いえ、カルシュフォンに切り込めるか……」

ペレが眉間にしわを寄せながら思案している。

「一番は、もちろんカルシュフォンが抱《かか》えているミタンニの民の解放よね。二番はリュック王子の身柄《みがら》をダナンが引き受けること。三番はカルシュフォンのミタンニ入国禁止。四番に」

「いくらなんでも、二番以降は無理がありましょう」

四番を口にしようとしたフェリアを、ペレが遮《さえぎ》った。

「親交のあるセナーダとは違い、リュック王子の身柄を引き渡さないなどできましょうか？　それにミタンニ入国禁止とは、他国にどのように伝わるか……」

アルファルド王弟嫡男ハロルドや王弟バロン、マクロンのいとこのアリーシャとてダナン内で悪事を働いても、身柄は国に返しているのだ。セナーダ王兄の身柄を、ダナンが引き受けている方が例外である。

他国で自国民が裁かれるのは、体裁《ていさい》が悪い。否、屈辱《くつじょく》以外の何物でもないのだから。

フェリアはフッと鼻で笑う。

「この件はリュック王子とピネルの『禁止されている薬草』の取引として公にされるわ。王族が他国で悪事を働いていたことになる。商人らの闇取引とはわけが違うわ。公にしない未遂の件も踏まえて、王族の悪事に対する賠償《ばいしょう》としてミタンニの民の解放を請求《せいきゅう》する」

ペレとマーカスが頷く。

マクロンも同じ判断を下している。

「カルシュフォンも本来なら、王子を唆したのはピネルだと、ダナンにも責任を問いたいところでしょうが、その追及はやぶ蛇《へび》になりましょう。互いの悪事へのなすりつけ合いが、結局未遂の一件を詳《つまび》らかにしかねませんからな」

ペレの言葉に、フェリアは頷いて続ける。

「二番のリュック王子の身柄に関してだけど、『禁止されている薬草』の取引が全て解明されなければ、引き渡せないと交渉を。リュック王子が『幻覚草』や練り香『クスリ』のことで口を割るかしら？」

フェリアはペレに肩を竦めてみせた。

「身柄の引き渡しを、カルシュフォンが諦《あきら》めることはないでしょう。その条件を出して交渉に臨《のぞ》めば、交渉は均衡《きんこう》状態になりましょう。……ん？　ああ！　なるほど」

ペレがニヤリと笑った。

フェリアはフフッと笑って、マーカスを見た。

マーカスは、少し思案して口を開く。

「カルシュフォンはリュック王子を諦めるわけにはいきません。表に出ていない『幻覚草』や練り香『クスリ』の出所まで探《さぐ》られぬように、リュック王子を手元に置く必要がありますから。出所がわかるまで身柄を押さえると主張するダナンと、出所を知られたくなくて身柄の引き渡しを主張するカルシュフォンという図式になります。互いの主張は、全く引くことはないのです」

フェリアとペレは満足げに頷き、マーカスに続きを促した。

「交渉はずっと平行線で続きます。その間、カルシュフォンの入国は禁止することにします。リュック王子の手下が『禁止されている薬草』をミタンニへ運ぶ可能性があるとでも言えばいいのですから。出所が解明できていない危険性を声高に言えばいいのです。つまり、この交渉は同じことをグルグルと回る場になるのですね？」

フェリアは流石《さすが》ハンスの息子だと笑みを向ける。

ペレも嬉しそうに頷いた。

「これはなかなか面白《おもしろ》い交渉ですな」

「ええ、その終わりなき交渉の間に、ミタンニ復国を安全に果たすのです。そして、カルシュフォンが交渉に目を向けている間に、リカッロ兄さんが『幻覚草』と練り香『クスリ』を突き止めることが、交渉の終わりを告げますわ」

「それが、四番ですかな?」

ペレがフェリアに問う。

「そうね。全てが解明されれば悪の芽を摘み取ることができるから」

『幻惑草』や『幻覚草』、練り香『クスリ』をこのまま放っておけない。

カルシュフォンがどこまで深く関わっているかわからないが、これらの禁止されている薬草や『クスリ』の闇取引は各国にとって脅威《きょうい》になろう。疫病と同じことが起こる可能性があるのだ。

否、ミタンニでそれは起こるはずだった。禁止されている薬草の蔓延《まんえん》。リュック王子の……カルシュフォンの意図はそこにあったのだろう。暴利を得てから、ミタンニをまた崩壊させるという。

今まで、ミタンニ復興が何度か潰えたのは、もしかしたらカルシュフォンの関わりがあったのかもしれない。

「長い戦いになりましょう」

交渉の内容からして、短期間で成立しないのは、ミタンニ復国も背後にあるため決定的である。月単位でなく、年単位になることも考えられるのだ。

「王様やゲーテ公爵とも交渉の方針を摺《す》り合わせ、決まり次第今日明日にでも、カルシュフォンに使者を出します」

ペレがマーカスに視線を投げる。

長い間、ダナン王城はマーカス態勢に変わる。

マーカスがニッと笑った。

「私の変装は七変化です」

フェリアは思ってもいない言葉に、目を大きく見開いた。

ペレがフォフォフォと笑っている。

「父は三人でしたが、私は七人に変われます。ご要望あらば……婆《ばあ》やにも」

フェリアは目をパチパチと瞬《しばた》いた。

「流石、フォレット家ね」

フェリアはフフッと笑ったのだった。

　さて、フェリアの元にペレとマーカスが赴《おもむ》いていた頃、マクロンの元にも赴く貴族がいた。

「王様、どうか……どうか、お願い致します。私たちの切なる願いをどうか、どうか……」

　マクロンは、久しぶりに貴族らの前で引きつった顔になった。

「い、いや、でもな」

　どう返答しようかと言いあぐねていると、三人の貴族がバッと頭を下げる。

　マクロンは視線をさ迷わせた。どこを見たらいいのかと思案するが、やはり目についてしまう。

「恥《はじ》を忍《しの》んで、付け髪《がみ》もなく参りました。私たちの切なる願いをどうかお聞き入れくださいませ！」

　三者三様な頭皮がマクロンに迫《せま》った。

「王様に私たちの気持ちはわかりませんでしょう！」

　貴族らが頭を上げて、マクロンの髪を凝視《ぎょうし》する。

　あまりの眼力に、マクロンは思わず後退《あとずさ》った。

「一年前……あの貴族総会で浴びた周りからの視線……ウッ、ウッ」

とうとう泣き出してしまった。

彼らは、待ったのだ。フェリアが王妃としてマクロンの横に並ぶ日を。唯一の望みを胸に抱きながら、婚姻式が済むのを待っていたのだろう。

『紫色の小瓶』の正体を明かしたあの貴族総会で、確かに彼らには悪いことをした。生温かい視線を浴びたせいで、生殺しのような目に遭わせてしまったのは事実だ。

「私たちの犠牲《ぎせい》をもって、一年前の総会が爽快《そうかい》に終結したのではないですか!? そんな功労者の願いを無下になさるおつもりですかぁぁぁ」

執務室に悲壮《ひそう》な声が響く。

「一年待ったのです！　ダナンの貴族として、王様の政務の邪魔《じゃま》もせず耐《た》え忍びこの時を待っていましたぁぁぁ」

マクロンに私的な時間があるのは、婚姻式後の三日間だけだ。だから、貴族らは政務に入る前のマクロンに願い出たのだ。

「王妃様の腕《うで》をもってしても不可能ならば、諦めがつくのです！　私たちの希望の芽をどうか、どうか摘まないでくださいましぃぃぃ」

希望の芽と言われ、マクロンはウッと喉を詰《つ》まらせた。

今のダナンは、多くの芽吹きを背負っているのだから。マクロンに、芽を摘むことなどできようか。

マクロンは折れた。

「頼《たの》むだけ、頼んでみよう」

貴族らが祈るように、跪《ひざまず》いて両手を組みながらマクロンを見上げていた。

マクロンはその圧に負け、文を用意させる。


『別の紫色の小瓶を頼む』


マクロンは婆やを呼び、文を託《たく》した。

流石に私的な頼み事に騎士は使えなかったのだ。

「これを、31番邸に」

婆やが首を傾げる。

「ご自身で伝えればいいのでは？」

「ああ、まあそうなのだが。これは、この者らの希望の種であり、我は残りの二日を堪能《たんのう》したいのだ」

二人の時間を邪魔されたくなかったマクロンは、言葉を濁《にご》した。

政務外とはいえ貴族らの願いである。その願いは通したいが、甘い時間を奪われるのは御免《ごめん》被りたい。貴重な残り二日間なのだから。

フェリアの空いた時間に頼む程度として文を出した。

貴族らは婆やを見送ると、満足して部屋を退く。

マクロンはハァとため息をついた。

物陰《ものかげ》から、フォフォフォと笑いながらペレが現れる。

フェリアの元にいるペレとは別の者だ。

「難儀《なんぎ》な願いでしたな」

マクロンは苦笑いした。

「カルシュフォンの一件の詳細を報告致します。現在、王妃様も同じように報告を受けていましょう」

マクロンは気を引き締めて政務を開始した。


フェリアの元に、ペレとマーカスと入れ替わるように、婆やが文を届けにくる。

「マクロン様ったら」

フェリアはマクロンの文にモジモジと体をくねらせた。

フェリアの脳内は花や蝶《ちょう》が飛び、恋文《こいぶみ》だと浮かれているのだ。

「ご期待の内容ではなさそうですよ」

婆やがフェリアに告げる。

フェリアは瞬時に頭を切り替えた。政務に出て、すぐに文を出すほどの重要性があることなのかと思ったからだ。

「また、何やら問題が発生しているのね」

フェリアは文を開いた。そして、小首を傾げる。

「どういうことかしら？」

フェリアは婆やと視線を交わす。

「確か、残りの二日を堪能したいからだと。まあ、思うに……仕事の話は二人の時にしたくないから、さっさと文を出したのでしょう」

フェリアは頷く。確かに、残りの二日間を邪魔されたくはない。だが、フェリアはマクロンと違いのんびりした時間を過ごしている。

暇《ひま》を持て余しているのではないかと、マクロンはフェリアを気遣《きづか》ったのかもしれない。

そうフェリアは解釈《かいしゃく》した。

「『紫色の小瓶』とは違う『別の紫色の小瓶』を作る依頼《いらい》……つまり、これは！」

フェリアは、ハッと顔を上げ31番邸でせっせと土を丸めている騎士を見た。

「心身に打撃《だげき》を与《あた》える物を作ればいいのね。ええ！　剛鉄の泥《どろ》団子のように、攻防《こうぼう》に役立つものの依頼だわ。小瓶ならではの長期持参可能な攻防品。確かに作りがいがあるわ！」

全くの勘違《かんちが》いであった。

マクロンが望んだのは、否、付け髪を外した貴族らが願ったのは……『毛生え薬』なのだから。


「いってらっしゃい」

フェリアははにかみながら言った。

マクロンがフッと笑う。

「政務が終わり次第、すぐに戻ってくるから」

フェリアの頭上にキスを落とし、マクロンは王塔に出勤していった。

今朝は二人で早起きをし、アーンをしながらの朝食を摂った。

そして、6番邸に設けられている薬草湯に二人で浸《つ》かり、のぼせたフェリアをマクロンが甲斐甲斐《かいがい》しく世話をするという砂糖劇が上演され、騎士らの瞳が甘さでやられ、虚《うつ》ろになる寸前でマクロンは出勤した。

つまり、蜜月二日目である。

フェリアは、門扉までマクロンを見送ってからティーテーブルに座った。

ケイトが薬草茶を置く。

「お体は」

「平気よ！」

ケイトの声かけに、フェリアは口を尖《とが》らせながらそっぽを向いた。つまり、今日もまた恥ずかしいのである。

そっぽを向いたフェリアの視線が二人の兄を捉《とら》えた。

大きな木箱を背負ったリカッロとガロンが、門扉を潜《くぐ》る。

「リカッロ兄さん！　ガロン兄さん！」

フェリアは立ち上がった。しかし、足に力が入らずフニャリと体が崩れた。

ゾッドがすかさず、フェリアの体を支える。

「お体は平気ではないようですね」

ケイトがフェリアを労《いたわ》りながら、椅子《いす》に促した。

「フェリア、もう少し新婚さんらしくしとけ。蜜月中は……『旦那様がすごくて立てないの、モジモジ』って幸せいっぱいの嫌味《いやみ》を言うものだ』」

リカッロがなぜか知ったような顔つきで言った。

「そうだぞ。花婿はそれを自慢《じまん》するものだぁ。『新妻を朝まで寝《ね》かさないのが夫の務めさ』

って、白い歯をキラッとさせて、周囲にこれでもかと溺愛《できあい》ぶりを振り撒《ま》くものさぁ」

ガロンもなぜかリカッロに同調した。

フェリアは、顔を真っ赤にして口を開くが、反論する言葉が出てこない。

「そ、そ、そんなことより、その大荷物は？」

リカッロとガロンが大きな木箱を、背中から下ろした。

「『薬事官』の仕事だ。仕事場を後宮に作れと王命が下った」

薬草を栽培しているのは後宮だからだ。

やはり、マクロンはとことん政務のことを口にして、フェリアとの甘い時間を割《さ》くことをしたくないようだ。

昨日の件といい、一貫《いっかん》している。

「フェリアに場所は任せると伝言されたさぁ」

ガロンが首をコキコキと鳴らす。そして、フェリアの頭をポンポンと撫《な》でた。

「俺はこれを片づけたらカロディアに戻るさぁ。フーガ伯爵のことは任せてくれ。ちゃんと体を労れよ」

ガロンが木箱を指差しながら言った。

「それから、リカッロ兄さん……気をつけろよ」

ガロンの視線がリカッロに向くと、フェリアも同じようにリカッロへ視線を向けた。

最終的にはきな臭いカルシュフォンに探りを入れることになるだろうリカッロが、フェリアもガロンも心配なのだ。

「ガッハッハ」

リカッロが、フェリアとガロンの背をバンバンと叩《たた》く。

「もちろんだ！　食ったことのないものには、手はつけない。水は沸騰《ふっとう》させてから飲む！　安心しろ」

そうじゃない、とフェリアやガロンのみならず、邸内に居た者は思ったことだろう。

フェリアはそこで閃《ひらめ》いた。

「あ！　そうだわ。マクロン様から『別の紫色の小瓶』を頼まれたの。心身に打撃を与える小瓶の依頼よ。きっと、リカッロ兄さんの出立までに完成させればいいのね。『剛鉄の泥団子』だけじゃ、遠方に行くのに心もとないもの」

泥団子は、使用期間が限定されるものだからだ。金属の武器のように、長持ちはしない。湿《しめ》った布袋《ぬのぶくろ》で保管すればそれなりに日持ちはするが、後々は乾燥《かんそう》して砂や土になってしまう代物《しろもの》である。

そこで、ガロンが山芋《やまいも》を指差した。

「山芋の皮なら、かぶれるし役立つかもなぁ」

「敵の手がかぶれれば、剣《けん》を扱《あつか》いづらくなるわね」

いわゆるイタズラ品の発想に、フェリアとガロンは長けているのだ。

「なるほど！　王様は必要な物は用意するとおっしゃっていた。それで、『別の紫色の小瓶』をフェリアに依頼したんだな」

勘違いは周りを巻き込むものだ。

「よし！　俺はかぶれを治す軟膏を持参していれば、被害《ひがい》に遭っても問題ないな」

リカッロがニシッと笑った。

「恐るべし、カロディア兄妹《きょうだい》」

セオが呟いたのだった。


フェリアとリカッロはガロンを城門で見送り、その足で薬事官の仕事場を決めるため、後宮の邸宅《ていたく》を見て回った。

「立地的にいいのは、やはり7番邸ね」

「タロ芋邸《いもてい》の隣《となり》なら、5番邸でもいいんじゃないか？」

事業部の薬草係は王妃下に置かれているが、薬事官は医官に連なる系統になる。つまり、王の采配《さいはい》下だ。できるだけ王塔に近い場の方がいいのは確かだ。

本来なら、執務殿《しつむでん》に配置されるべきだが、薬草関係の仕事になるため後宮内にも拠点《きょてん》があった方がいい。

「1番邸から5番邸は貴賓《きひん》室扱いにしたいのよ」

元々、後宮になる以前は各国の使者や来賓《らいひん》の宿泊《しゅくはく》地であった。今後、その役目は必要になってこよう。

「後宮の名称《めいしょう》は、今後廃止《はいし》されることになると思うわ」

リカッロが『なるほど』と頷いた。

そして、7番邸に大きな釜《かま》が運ばれる。

ゾッドが引きつり笑いで、フェリアに訊《たず》ねる。

「もしや、煮詰《につ》めます？」

ゾッドの脳内では、クコの丸薬作りが浮かんでいた。

フェリアは首を横に振った。

ゾッドのみならず、周囲に安堵《あんど》の息が漏れた。

だが、安心してはいけない。フェリアが取りかかろうとしているのは、『別の紫色の小瓶』なのだから。


「いってらっしゃい」

フェリアははにかみながら言った。

マクロンがフッと笑う。

「政務が終わり次第、知らせを出すから」

頭上にキスを落とそうとするマクロンに、フェリアは顔を上げつま先立ちする。

フェリアはソッと瞳を閉じた。

軽く触れるだけのキスをし、マクロンは王塔に出勤していく。

名残惜《なごりお》しいのはお互い様で、マクロンが振り向くとフェリアはまだ門扉でマクロンを見送っていた。

蜜月の最終日だ。

この日、政務が終わったマクロンがフェリアを王塔の寝室に迎えることになっている。

今日、マクロンは31番邸に戻ってくることはない。

だが、フェリアはいってらっしゃいのキスができてご満悦《まんえつ》である。

「お幸せそうで、何よりです」

三日目にして、ケイトの言葉に慣れた。

「お幸せそうでなく、幸せだもの」

フフッと笑って答えたフェリアは、足取り軽く王妃塔へ完全に引っ越す準備に取りかかったのだった。

3 出発

フェリアの予定は、マクロンよりも過密に埋《う》まっている。

婚姻式《こんいんしき》後に、色んな案件を先送りにしていたからだ。

明日から、フェリアは多忙《たぼう》な日々をこなすことになるだろう。

だが、その前にとフェリアはある人物を呼び寄せていた。

「ご機嫌麗《きげんうるわ》しゅう」

20番目の元妃《きさき》である。

柔《やわ》らかな髪《かみ》と、愛らしい垂れ目、おっとりした口調、まさにひ弱で庇護《ひご》欲そそられる令《れい》嬢《じょう》が膝《ひざ》を折った。

「お声がかかるのをお待ちしておりましたわ」

フェリアに呼ばれるのを知っていたとばかりの言葉である。

やはり、後宮に召《め》された妃だ。見た目に騙《だま》されてはいけない。

きっと、ミミリーは見た目でやらかしたのだ。妃選びの最中、この令嬢とマクロンとの交流時に乗り込んだのだから。

20番目の元妃といえば、ミミリーと取っ組み合いをした令嬢である。

フェリアはフフッと笑った。

「私を恨《うら》んでおります？　ミミリーを取り立てて、あなたをフォローしていないのだもの」

先のカルシュフォンの一件で痛感した。極《きわ》めて細部に目を配ることも、フェリアには求められているのだと。

セルゲイ男爵家《だんしゃくけ》へのフォローは必要だっただろう。もちろん、仕立屋も同じだ。正義の剣《けん》を振《ふ》るった後始末を疎《おろそ》かにしてはいけない。試験と同じで、一度の失敗で捨て置くのでなく、二度目の機会は与《あた》えられるべきだったのだ。

つまり、元妃らとも交流を持たねばならない。妃選びは終わったのだから。

何より、フェリアはサブリナとミミリーを重用している。

他の妃らにしてみれば、どういう了見《りょうけん》なのかと眉《まゆ》をひそめられよう。敵対しなかった自身でなく、敵対していた二人を周囲に侍《はべ》らせているのかと。セルゲイ男爵と同じ思考になっている元妃らも少なからずいることだろう。

「恨みなどありませんわ。妃選び中のことですもの。戦って然《しか》るべきであり、その勝者は王妃《おうひ》様でございます。遅《おそ》くなりましたが、お祝い申し上げます」

フェリアは満足げに頷《うなず》いた。傍観《ぼうかん》する者、耐《た》え忍《しの》ぶ者より、フェリアは挑《いど》む者を好む。

「流石《さすが》、ミミリーと取っ組み合いをしただけはあるわね」

「お褒《ほ》めいただき恐悦至極《きょうえつしごく》に存じます」

その秀逸《しゅういつ》な返答にもフェリアは笑う。普通《ふつう》の返答なら『お恥《は》ずかしい限りです』が妥《だ》当《とう》だろう。

「思っていた通りの方ね。座って、そろそろやってくるわ」

誰《だれ》がやってくるのであるか、気づいただろう。20番目の元妃は意味ありげに、おっとりと微笑《ほほえ》んだ。

「ではその前に、正式に名乗らせていただきますわ」

20番目の元妃が背筋を伸《の》ばす。

「ゴラゾン伯爵《はくしゃく》が娘《むすめ》、レイアナでございます」

「存じているわ。レイアナ、素敵《すてき》な名前ね」

レイアナが嬉《うれ》しげにはにかむ。

「あら、来たようよ」

フェリアは門扉《もんぴ》を潜《くぐ》るミミリーと視線が交わった。

ミミリーが喜色満面でやってくる。ミミリーにはレイアナの後ろ姿しか見えないだろう。

レイアナが振り返ると、ミミリーの足がピタッと止まった。

「ミミリー、早くいらっしゃい」

フェリアは、ミミリーを促《うなが》した。

「リア姉様……」

ミミリーが身を縮めてティーテーブルにやってきた。

そして、レイアナを見る。

「ミミリー様、ご婚約《こんやく》おめでとうございます」

レイアナが膝を折った。

ミミリーが慌《あわ》てて、レイアナ以上に膝を折った。

「いいえ！　まずは私が、何よりも私がレイアナ様に謝罪をしなければなりませんのに！」

それには、レイアナも驚《おどろ》いたようだ。

フェリアは穏《おだ》やかに笑《え》んだ。

「ミミリー、レイアナ、どうぞ座って」

二人は互《たが》いに気まずげになりながら腰《こし》かけた。

「私は、王妃塔《とう》への引《ひ》っ越《こ》しで忙《いそが》しいの。わだかまりをさっさと解消しましょう。その前に薬草茶で喉《のど》を潤《うるお》して」

ケイトがティーテーブルに薬草茶を運んだ。

二人が着席する。

ミミリーが薬草茶を手に取り、グビグビと飲み干しレイアナに向き直る。そして、意を決したように口を開いた。

「私、ほんの一年ほど前までは傍若無人《ぼうじゃくぶじん》な幼子でしたわ！　それはもう恥ずかしいほど……三歳児程度でしたの。何もかも、自分の思い通りになるものだと。レイアナ様、私は私の言葉の重みを知らなかった。いえ、浅はかにもその重みを笠《かさ》に着て、国道を使わせないなどと……」

ミミリーが体を震《ふる》わせながら深く頭を下げた。

「申し訳ありませんでした」

「私も、高位であるミミリー様に刃向《はむ》かったのですから謝りますわ」

ミミリーがバッと顔を上げる。

「その縦巻きロールを緩《ゆる》ウェーブにしたこと、平に謝ります」

レイアナがシレッと言い放った。

フェリアはプッと笑う。

周囲の者らは、なんとか堪《こら》えている。

ミミリーの頰《ほお》が一気《っ》に上気した。

「わ、私もその垂れ目を吊り目にしたこと、ふんぞり返って謝りますわ！」

なんだか知らないが、上から目線の返答に、堪えられず皆《みな》が噴《ふ》き出《だ》した。

「良かったわ。仲良くなって」

フェリアの言葉に、ミミリーとレイアナが顔を見合わせる。次第《しだい》に頬が緩くなり、笑い出した。

「ええ、ミミリー様には裏表なく口を開けます。それが、高位だろうが低位だろうが、ミミリー様は変わらないお方ですわ。王妃様がお茶会で宣言したように、この貴族社会において、稀《まれ》に正直を地で行くことができる唯一《ゆいいつ》のお方。純粋《じゅんすい》なジルハン様と、とてもお似合いです」

レイアナの言葉に、フェリアは頷いた。

「わ、私は、思ってもいない言葉を口にできない子どもなのですわ。嘘《うそ》は口にできないけれど、耐えることは学びましたの。レイアナ様、ありがとうございます」

ミミリーがふんぞり返りながら答え、瞳《ひとみ》を潤《うる》ませた。

「さて、本題に」

フェリアは、和《なご》やかになった頃合《ころあ》いで言った。

レイアナが頷いて口を開く。

「ゴラゾン家は、ダナン建国以来郵政を担《にな》ってきました。領地は持たぬ、王都籍《せき》の貴族です。ですが、ダナン全域に便り所を持っております。ですので、領地は王都の本店と地方の支店と考えてくだされればわかりやすいかと」

レイアナの説明に、ミミリーが顔を青くした。

「私は、なんてことを口にしてしまっていたの!?」

ゴラゾン伯爵家に国道を使わせないと脅《おど》すのは、郵政を止まらせることを意味するからだ。

当時のミミリーはそんなこともわかっていなかったのである。

「済んだことですわ。それに、一令嬢の一声で役目を放棄《ほうき》するなど、父は致《いた》しませんから。私が案じたのは……失礼かと存じますが、ミミリー様が妃になられることでした」

ミミリーが項垂《うなだ》れる。

「ええ、私にダナン王に仕える妃の資質はないわ。今にして思えば、恥ずかしい限りよ」

「反省会はその辺で」

フェリアは、ミミリーの背を優《やさ》しく撫《な》でた。

「では、続けます。現在、ゴラゾン家はミタンニまでの道筋に、便り所を設置するため各国にかけ合っています。元々、友好国にはダナンの拠点《きょてん》がありましたので、便り所を設置していました。現在は、アルファルドまでは繋《つな》がっております」

レイアナがそこでひと息ついた。

「アルファルドより先のミタンニまでの便り所の開設は、父が準備しております。ブッチーニ侯爵《こうしゃく》様もご尽力《じんりょく》くださっており、助かっておりますわ」

国道を管理するブッチーニ侯爵は、そのまま他国と繋がる道も理解している。最短でミタンニに繋がる道を模索《もさく》するため、ゴラゾン伯爵と共に励《はげ》んでいるのだ。国道を勉強中のジルハンもそれに加わっている。

「レイアナ様、私に色々とご教授くださいませ！」

ミミリーが真剣《しんけん》な眼差《まなざ》しでレイアナに言った。

レイアナが、フェリアを見る。

「二人には、別の道を模索してもらいたいのよ。そのために二人を呼んだのだもの」

フェリアは種袋《ぶくろ》を持って、腕《うで》を伸ばした。

ピピピピピッ

小鳥が腕に留まった。元はフーガ領の女性騎士《きし》候補だった者の伝鳥である。

「空の道でミタンニと繋がるために」

レイアナが首を傾《かし》げて小鳥を見ている。

ミミリーがレイアナにフーガ領の伝鳥について説明した。

フーガ領の伝鳥は、一般的《いっぱんてき》に周知されていない。カルシュフォンの一件もまだ公《おおやけ》になっておらず、レイアナは知らないのだ。

「……空の道。確かに正規のルートは、他国に異変が生じた場合に滞《とどこお》ってしまいますわ。けれど、空の道にはそれがないのですね！」

レイアナが興奮しながら言った。

ミタンニ復国の際には、ゴラゾン伯爵の三男はミタンニ貴族になることが決まっている。ダナンとミタンニを繋ぐ郵政を、未経験の者にさせるわけにはいかず、さらに他国からの貴族に担わせることもできないからだ。

「あなたを呼んだのは、ミミリーと和解させるためだけでなく、国道を管理するブッチーニ家と、郵政を担うゴラゾン家の役割を強固にするためなの。ミタンニ復国の要になるのだから」

ミミリーとレイアナが頷き合った。向かう目標は示されたのだから。

さて、そこで真打ちが現れる。

「私、呼ばれたような気がしたのだけど」

ポワポワ、フワフワとキャロラインがやってくる。

本人は呼ばれたような気がと言っているが、フェリアはきちんと訪問を指示していた。キャロラインの背後の者に伝えられていたはずだ。

「まあ、あなた、お久しぶりね」

ミミリーがセルゲイ男爵の娘キャサリンを見ながら言った。

見るからに疲労困憊《ひろうこんぱい》のキャサリンが、キャロラインに侍っている。

鳥かごを三つも持ちながら。

キャサリンが、フェリアに潤んだ瞳を向ける。

「鉄鉱山に戻《もど》してください」

弱々しい呟《つぶや》きだった。

「大丈夫《だいじょうぶ》、じきに慣れるわ」

フェリアはキャサリンの懇願《こんがん》をサラッと躱《かわ》した。

「レイアナ、この方が空の道を導いてくれる方よ。先王様の第二側室にして、現フーガ伯爵夫人《ふじん》キャロラインであり、『鳥使い』。新たな冒険《ぼうけん》の先導者」

フェリアの紹介《しょうかい》に、キャロラインの目が輝《かがや》き出す。

「私、『鳥使い』なのね！　バロン公は『吟遊詩人《ぎんゆうしじん》』、ソフィは『村娘』、王様はもちろん『勇者』、王妃様は『治癒姫《ちゆひめ》』、なんて素敵なの！」

レイアナにはキャロラインの言葉が異国語に聞こえていることだろう。

この場にソフィアがいたら、村娘発言に飛びついていたに違《ちが》いない。

フェリアは、上手《うま》くキャロラインをのせたようだ。

「キャサリン、今からミミリーとレイアナも、フーガ伯爵夫人に侍るからよろしくね」

ミミリーが、この展開に愕然《がくぜん》としている。キャロラインの人となりをすでに熟知しているからだ。

キャサリンの顔が少しだけ晴れる。一人でキャロラインを抱《かか》える状況《じょうきょう》が改善するのだ。

キャサリンは素早《すばや》くミミリーとレイアナに鳥かごを持たせた。

裏切り者の侍女《じじょ》の伝鳥、ピネルが幽閉《ゆうへい》島の監視《かんし》人とやり取りしていた伝鳥と、王都でカルシュフォンのリュック王子との連絡《れんらく》に飛ばしていた伝鳥、三羽がそれぞれの手に渡《わた》った。

フェリアは、すでにフーガ領の女性騎士候補だった二人組の伝鳥を手なずけている。

まさに、一人一羽《わ》ずつだ。

「さあ、『鳥使い』の弟子《でし》たちよ。離宮《りきゅう》で修業《しゅぎょう》を始めるわ。すぐに準備しなさい。一刻後、関所に集合！」

キャロラインが意気揚々《いきようよう》と三人を連れ立っていったのだった。


ダナン王城に、王と王妃が居する朝を迎《むか》えた。

しかし、主《あるじ》の温《ぬく》もりはベッドにはもうない。

マクロンは、夜も明けぬうちからビンズが連れ去った。

フェリアは、その後すぐに王妃塔に急き立《せた》てるように移動させられる。

二人で一つの温もりは、蜜月終了《みつげつしゅうりょう》を今か今かと待つ者によって分かたれてしまったのだ。

日程管理の役人が執務室《しつむ》に入ってきて、フェリアに日程表を開く。

フェリアは目を丸くして日程を確認《かくにん》した。

「面会だけで……二十人も？」

「はい。各国の使者の方々は、婚姻式後も残り王妃様との面会を希望しましたので。また、国内外の貴族の方々の面会は明日以降になります」

日程管理の役人が、ゾッドにも日程表を渡す。ゾッドは、それを元に警護の指揮を執《と》るのだ。

「それから、こちらが王様の日程です。王位着任後から滞っておりました視察が、本日から十日ほど入っております」

「え？」

つまり、十日間はマクロンと会えないようだ。

「失礼しますぞ」

ペレとマーカスが入ってくる。

日程管理の役人が、一礼して退いた。

「本日より十日間、激務をこなしていただきます」

そこで、ペレがひと息つきジッとフェリアを見た。

「カルシュフォンには前回の報告後、使者を出しました。我々も十日後に出立予定です」

十日後までには、アルファルドの返答も届いていよう。

アルファルドの返答を見越《みこ》した出立予定である。

もちろん、返答が否ならそのままミタンニまで行き、対応を考える手はずになっている。

「先方はもう気づいているのかしら？」

リュック王子を捕《と》らえて九日になる。頻繁《ひんぱん》に連絡を取り合っているなら、そろそろ音沙《おとさ》汰《た》がないのに気づくはずだ。

「いえ、きっとカルシュフォンは気づいていないでしょう。ダナンとカルシュフォンは遠く離《はな》れた国ですからな。ダナンからカルシュフォンまで、早馬でも二週間はかかります。早々に連絡は出せませんし、連絡の往復だけで一カ月もかかりますぞ」

ペレが言った。

「それに、他国での悪事ですから、成功するまでは頻繁に連絡を取らないものでは？」

マーカスの言葉に、フェリアもペレも頷いた。

それこそ、国単位で悪事に荷担《かたん》したと思われるからだ。伝鳥の文さえ残していないのだから、本国との連絡も慎重《しんちょう》にしていたことだろう。

「リュック王子はどんな感じ？」

マーカスが前に出る。

尋問《じんもん》はマーカス主導で行われているのだ。

「のらりくらりとしています。旅の商人から好奇心《こうきしん》で練り香『クスリ』を仕入れただけ。それを少しだけピネルと取引したと。『幻惑草《げんわくそう》』も自身が不眠《ふみん》でピネルに用立ててもらっただけで、『幻覚草《げんかくそう》』など見たこともないととぼけています」

マーカスが肩《かた》を竦《すく》めた。

旅の商人だったから、所在は知らないと続くのだろう。

「『眠《ねむ》れぬ私が判断を誤り、手を出してしまった悪事を正していただき感謝します。慰謝料《いしゃりょう》を払《はら》います』とそれは、もう勝《か》ち誇《ほこ》ったように軽妙《けいみょう》な口ぶりです」

フェリアは苦笑いした。

偽物《にせもの》のサシェを使った取引は成立していない。現物も練り香『クスリ』と『幻惑草』のみだ。リュック王子は、特別室で頭を回転させ言《い》い逃《のが》れを考えたのだろう。

そんな返答はすでに予想済みだ。

「リュック王子の尋問は終了して構わないわ。特別室でのんびり過ごさせてあげましょう。『交渉《こうしょう》が終わらねば、カルシュフォンに引き渡さぬ』とだけは伝えておいて」

この一件に関しては、フェリアが主導することが決まっている。マクロンもカルシュフォンの一件はフェリアの裁量に任せているのだ。

マーカスが『かしこまりました』と返答した。

交渉がずっと続くことを、リュック王子は知らないだろう。そのうち、痺《しび》れを切らし苛《いら》立《だ》つこと間違《まちが》いない。

交渉を長引かせるダナンの意図に気づいた時には、もうミタン二復国が成されていることだろう。

それを知らされた時、唖然《あぜん》とするはずだ。

「それから、王様より伝言です。セナーダの第二王子こと王兄を任せたと」

フェリアはペレの言葉に目をパチクリさせた。

「どういう意図かしら？」

フェリアはペレを窺《うかが》う。

今回の一件では、セナーダの王兄の功績は大きい。だが、セナーダ政変という重罪を覆《くつがえ》すほどではない。つまり、処遇《しょぐう》をどうするか決めかねていたのだ。

「セナーダのアルカディウス王から、そのように処罰《しょばつ》してほしいと親書が届いたようで」

ペレが含《ふく》み笑《わら》いをしている。

マクロンは、アルカディウスに処遇を相談していたようだ。

「へ？」

フェリアは耳を疑った。

「どうして、私に預けるのが処罰なのよ⁉」

「これはまた可笑《おか》しな返答ですな。王妃様も、キャサリンをキャロライン様に任せたではありませんか。それはもう素晴《すば》らしい処罰でしょうに」

「なっ！」

フェリアは真っ赤になりながらペレを見る。

だが、フッと息を吐《は》き出して笑みを浮《う》かべた。

「アルカディウス王からの信頼《しんらい》の証《あかし》なら、仕方ないわね」

ペレとマーカスが微笑んで一礼した。


フェリアが全ての政務を終わらせたのは、夕刻になってからだ。

重い足取りで、7番邸《てい》に赴《おもむ》く。

「おう、フェリア。だいぶくたびれているな」

リカッロがフェリアを出迎《でむか》えた。

邸宅《ていたく》があるのに、なぜか野営箱を広げている。

「……なぜ、野営をしているの？」

「そりゃあ、これから椿油《つばきあぶら》を作るからだ」

リカッロがニカッと笑う。

フェリアは、野営箱の横に鎮座《ちんざ》している大きな麻袋《あさぶくろ》を見た。

「もしかして、椿の種？」

「ああ、これから殻《から》を取り除いて、実だけにしなきゃいけない。邸宅内でやると汚《よご》しちまうからな」

椿の種の殻は硬《かた》いので、丈夫な台の上でトンカチを使って砕《くだ》くのだ。

カロディアでは、夜中の薬草守りの暇《ひま》つぶしで叩《たた》いていたものだ。

椿の種の実を蒸《む》して搾《しぼ》ると椿油が精製される。種ごと蒸してもいいのだが、純度の高い椿油を作るには、殻を取り除いた方がいい。

「私もこれから大釜《おおがま》を使うわ」

マクロンから頼《たの》まれた『別の紫色《むらさきいろ》の小瓶《こびん》』作りのためだ。リカッロの椿油の精製は、かぶれを治す薬を用意するためだろう。

「十日後に出発するのよね」

リカッロがフェリアをジッと見つめてから答える。

「ああ、練り香『クスリ』だけじゃない。これに少しだけアルファルドの事が記されている」

リカッロが懐《ふところ》から両親の手帳を取り出した。

フェリアは一瞬《いっしゅん》目を閉じるも、息を整えて手帳をしっかり見た。

両親が肌身《はだみ》離《はな》さず持参していた手帳は、二種類ある。

極秘《ごくひ》の取引が記されているものと、普通の取引が記録されているものだ。

極秘のものは、血で汚れ開くこともままならない。

しかし、通常の取引手帳はなんとか開くことができる。

それでも、リカッロとガロンは、フェリアの心身のストレスを考慮《こうりょ》し、手帳をしまっていた。

それを乗り越える時がきたのだ。

エミリオとジルハンの一件で、フェリアは大きな壁《かべ》を乗り越えた。それは、リカッロとガロンも同様だ。

「継《つ》がなきゃいけない。想《おも》いを」

両親の想いを、リカッロは継ごうとしている。

「アルファルドにも足を運んでいた記録が？」

フェリアはリカッロが持つ両親の手帳に触《ふ》れる。

「ああ、アルファルド『秘花』不可、そう記されている。王家にしか扱《あつか》えない花だから手に入れられなかった記録だ。それから、もう一つ……」

リカッロがソッと手帳を開いた。

フェリアは久しぶりに両親の字を見た。

涙《なみだ》ぐむフェリアの肩をリカッロが引き寄せる。

二人で両親の字を読んだ。

所々、読めない箇所《かしょ》はあるがフェリアは手帳の文字に目を見開いた。

『最初……ル……ユフ……森……、…………果確認中……

――アルファルド……研究所……ッロ、……納品』

「カルシュフォン？」

フェリアは呟いた。

「そうかもしれんが、そうでないかもしれん。ただ、アルファルドになんらかの研究所はきっとあるだろう。なんと言っても、医術国だから」

「両親の足取りを倣《なら》うのね？」

後半は、アルファルドの研究所にリカッロの軟膏《なんこう》を納品していた記録だと思われる。

「ああ、そのつもりだ」

「リカッロ兄さん、必ず帰ってきてね」

リカッロがフェリアを持ち上げた。まるで、幼い子どもを『高い、高い』でもするように。

「当たり前だ！」

そのままクルクルと回る。

「ちょっと！　下ろして！」

フェリアは、リカッロの頭をポカポカ叩いた。

だが、リカッロは愉《たの》しげに大笑いする。

フェリアも次第に笑い出したのだった。


十日間の視察をこなし、マクロンは執務室のソファにドカッと腰かけた。

「本当に十日間会えないとは」

フォフォフォとペレが笑いながら入ってくる。

「私は明日からもっと会えませんぞ」

このペレは、カルシュフォンとの交渉でアルファルドに向かうからだ。

マクロンは起き上がる気力がなく、そのまま口を開く。

「カルシュフォンの一件はどこまで決まった？」

マクロンが不在の間、フェリア主導で対応していたはずだ。

「アルファルドから、手土産《てみやげ》はクコの丸薬の作り方をとの返答がありました。王妃様の了承《りょうしょう》を得ています」

つまり、アルファルドは交渉場の提供を了承したということだ。

「あれを煮詰《につ》めるのは……」

クコの丸薬作りは、お側騎士《そばきし》でも太刀打《たちう》ちできぬ苦行なのだ。

ペレが愉しげに笑っている。

「王妃様やリカッロ様は、あれが医術国に外注できるなら願ってもないことと申しておりましたぞ」

「アルファルドは、自ら危険物に手を出すことになったのだな」

「危険と言えば、地下牢《ろう》の者らをどう致しましょうか？　王妃様からも処遇は王様に確認するようにと」

流石に、交渉の終了まで王城で面倒《めんどう》を見るわけにはいかない。

マクロンが悪どい笑みを見せる。

「幽閉島《ゆうへいとう》で猛省《もうせい》してもらうさ」

「それはまた傑作《けっさく》ですな」

ペレが目を細める。

それが、本来の幽閉島の有り様である。

とはいえ、リュック王子とピネルは特別室のままだ。その他の者を幽閉島に送ることにした。

現在、幽閉島は王の管理下に置かれている。第四騎士隊副隊長が在駐《ざいちゅう》している。

「失礼致します」

役人がお盆《ぼん》を持って入ってきた。

マクロンもペレも、お盆に載《の》っている小瓶を訝《いぶか》しげに凝視《ぎょうし》する。

どう見てもおかしな色合いの液体が入っている。

色が定まっていない。紫のようであり、黒も赤も黄も青もと様々な色がゆらゆらと蠢《うごめ》いている。生きているかのようなマーブル液体だ。

「何やら悪寒《おかん》が」

マクロンは危険を察知した。

役人が執務机にお盆を仰々《ぎょうぎょう》しく置いた。それから、両手で文を掲《かか》げる。

「王妃様からの文でございます」

役人が差し出した文をマクロンは恐《おそ》る恐る開いた。

『別の小瓶が完成しました。これに触れればただれます』

そんな文言とともに、原材料と調合が記された紙も添《そ》えられていた。

「文言が抽象《ちゅうしょう》的すぎたか……」

マクロンはガクンと肩を落とした。

「新たな持参品になりましょう」

ペレが小瓶を手に取る。

マクロンは首を傾げた。

「アルファルドに出立する際に、『剛鉄の泥《どろ》団子』以外にも効果的な攻防品《こうぼう》の依頼《いらい》をされたと、そのように誤解されたようですぞ」

ペレの表情は愉快《ゆかい》そうだ。

マクロンは自身の依頼文が、別の解釈《かいしゃく》をされていたと理解した。

「出立までに『剛鉄の泥団子』と『マーブル瓶』をそれぞれ二つずつ持参できるように準備済みとのことです」

役人が言った。

『剛鉄の泥団子・改』ももちろん持参する。ただし『秘花』を仕込《しこ》んでいることもあり、役人には知らされていないのだ。

31番邸で騎士らが密《ひそ》かに作っている。

「……あい、わかった」

マクロンにそれ以外の返答はない。

城門前には、アルファルドへ向かう一行が並んでおり、見送りの者で人集《ひとだか》りができている。

今回の一団の長は、ゲーテ公爵《こうしゃく》だ。交渉役はペレである。

「王様、必ずや交渉を成立させてきます！」

ゲーテ公爵がハッキリと告げた。

マクロンはゲーテ公爵の意気《いき》込《ご》みに頷く。

「ああ、今回も頼んだ。夫人らのことは任せてくれ」

ゲーテ公爵家は、長期の当主不在になるからだ。

「そのことで少々ご相談が」

ゲーテ公爵が言いながら、マクロンの背後に立つビンズをチラリと見る。

「公爵家に住み込みをお願いしたいのです、ビンズ隊長に」

「何⁉」

マクロンは思わず声を上げた。

そして、背後のビンズを見る。

ビンズもまた驚愕《きょうがく》な表情で固まっている。

「我が公爵家でなく、荷屋敷《にやしき》をお願いできればと。あそこには、ミタンニ行きの荷があります。今回のように、怪《あや》しげな物がないか調べることも必要かと。ですが、私は不在ですし妻にそこまで任せては、身が持ちませんでしょう。ビンズ隊長は荷屋敷に慣れておりますから、安心して任せられるのです」

伝鳥の件で、ビンズとサブリナが荷屋敷に詰《つ》めていたことを言っているのだ。

マクロンは何やら企《たくら》みを感じ、ゲーテ公爵を注視する。

ゲーテ公爵は、シレッとマクロンの視線を躱しビンズに微笑む。

ビンズが引きつり笑いで応えた。

「流石に住み込みは……」

言葉尻《ことばじり》を濁《にご》しながら、ビンズが言った。

「ピネルのようなことを考える輩《やから》から、ゲーテ公爵家を守っていただけませんかな?」

ゲーテ公爵が、ビンズに畳《たた》みかける。

「サブリナの身を守ると約束したと聞きましたが。崇高《すうこう》な騎士隊長がそれを反故《ほご》にするわけはないと信じておりますぞ」

追撃《ついげき》は緩まず、ゲーテ公爵がマクロンに笑みを向けた。

マクロンの同意を暗に求めたのだ。

そこにエミリオが参入する。

「私からもお願いします」

エミリオとゲーテ公爵が視線を交《か》わした。

どうやら、二人の間で決まっていたかのような雰囲気《ふんいき》である。

マクロンはエミリオに視線で意図を探《さぐ》る。

「あの荷屋敷は、元々私の所有です。王籍を抜《ぬ》けた際に、父上から賜《たまわ》った屋敷だと聞《き》き及《およ》んでおります」

エミリオがマクロンに顔を向けて言った。

マクロンは頷く。

先王が、ゲーテ公爵家にエミリオを託《たく》す際に下賜《かし》したものだ。エミリオが成人した後の住まいとして用意したものである。

「確かに先王様は、エミリオ様の将来の住まいとして準備なさいましたな」

ペレが当時を思い出しているかのような、懐《なつ》かしげな表情で言った。

「なるほど……つまり、ゲーテ公爵家が管理していたものの、実際はエミリオに所有権がある屋敷か。こたび、エミリオはミタンニ王になり、ゲーテの管理の手も離れる」

「はい。まあ、引き継ぐのは屋敷だけではありませんが」

エミリオがそう言いながら、ビンズを一瞥《いちべつ》して微笑んだ。

ゲーテ公爵も同じような笑みだ。

マクロンは、そこで二人の意図に気づき、内心驚愕した。

エミリオが先王から授《さず》かったのは、屋敷だけではない。王弟としての家名を授かったはずだ。ダナン王の臣下としての家名——つまり爵位《しゃくい》である。

だが、その爵位となる家名は、ミタン二王となるエミリオにとって宙に浮く家名になってしまうのだ。

「エミリオ……お前」

マクロンは呟いた。

エミリオがニパッと笑う。その横で、ゲーテ公爵も頷いている。

公爵家の息女と一代爵《いちだいしゃく》の騎士では釣《つ》り合《あ》わない。しかし、エミリオとゲーテ公爵の間でやり取りがあったのだろう。公にせず、二人はマクロンに暗に示したのだ。

その方法も懐にしまっていてほしいと。エミリオとイザベラの婚姻を内密に進めたように。

宙に浮いた家名をいかようにも使ってくれと。

「いいだろう」

マクロンは、エミリオとゲーテ公爵と拳《こぶし》を突《つ》き合わせた。

それから、ビンズに向き直る。

「ゲーテが戻るまで、荷屋敷に住み込んで、ミタンニ行きの荷物の確認と管理を」

「住み込みでなくても」

ビンズがすぐに反応したが、マクロンは首を横に振る。

「ピネルは住み込みまでしていた。敵を一掃《いっそう》したとは確認できていない。こちらも同等に管理しなければ、隙《すき》につけ込まれるかもしれない。その隙の犠牲《ぎせい》になるのは、今回と同じでサブリナの可能性が高い」

それは、以前ビンズがマクロンに進言したことでもある。

ビンズが思案しながら頷いている。

「確かに、そうでしょう。かしこまりました」

ビンズが片膝《かたひざ》をついて頭を下げた。

「これで、心置きなく出発できます」

ゲーテ公爵が晴れやかな表情で言ったのだった。

フェリアはマクロンらから少し離れた場で、リカッロと向き合っている。

「リカッロ兄さん、気をつけてね」

リカッロが大きな布袋《ぬのぶくろ》を担《かつ》ぎながら『もちろんだ』と答える。

「身軽な旅だ、安心しろ」

リカッロがフェリアの頭をポンポンと撫でた。

いつもは牛車と野営箱で旅をするが、今回はそれらを必要としない。一団の長であるゲーテ公爵が全て準備しているからだ。それでも、リカッロは大きな布袋を担いでいる。

「一体何を入れているさね」

ローラが呆《あき》れたように言った。

「どうせなら、行商しようと思ってな」

どうやら、リカッロは新たな販路《はんろ》を開拓《かいたく》するようだ。

「それから……俺はもう書き写したから、これを」

リカッロが、フェリアに両親の手帳を差し出した。

「で、も……」

フェリアの心に不安が押し寄せる。

リカッロが無事に帰れないかもしれないと考え、両親の手帳をフェリアに託すのではないかと。

「書き写していてわかったんだが、見るよりも推察できる。俺だけじゃなく、フェリアもやってみてくれ。終わったら、ガロンにも送ってくれよ。帰ってきたら、三人で確認しよう。それぞれの推察をな!」

リカッロがニカッと笑った。

フェリアは小さく頷き、血がこびりついた二冊の手帳を受け取った。

「三人で、たくさんの想いを拾い上げよう。その先に、両親の薬を待っていた人たちがいるのだから」

フェリアは潤んだ瞳に力を込《こ》め、しっかりとリカッロを見直した。

「わかったわ！」

そろそろ出発だと声がかかり、フェリアはマクロンの横に向かった。

「フェリア」

マクロンがフェリアの腰を抱《だ》き寄せる。

十日ぶりのマクロンに、フェリアは笑みが溢《あふ》れた。

リカッロが嬉しそうに二人を眺《なが》めている。

皆も笑みが溢れている。

だが、誰もが一抹《いちまつ》の不安を胸に抱《いだ》く。新たな旅路とはそういうものだ。

カルシュフォンという敵、ミタンニという希望、どちらも未知の領域に踏《ふ》み込む勇気がいるのだから。

4 空の道

出発を見送った後、マクロンとフェリアはまたも二人の時間を過ごすことなく、役人らに急《せ》き立《た》てられるように政務に戻《もど》された。

「お待ちしておりました」

マクロンは執務《しつむ》室に入るや否《いな》や、視線を逸《そ》らす。

前回のあれを思い出し、視線がさ迷ったのだ。

「ああ、そのだな。ちゃんとフェリアには依頼《いらい》したんだが、行《い》き違《ちが》いがあってな」

マーブル瓶《びん》は決して『毛生え薬』ではない。マクロンは開き直ったかのように付け髪《がみ》を外した伯爵《はくしゃく》の頭皮をチラリと見た。

「いやあ、長時間の着用はどうしても蒸《む》れてしまいまして」

それになんと返答すれば正しいのか、マクロンは知らない。いや、正解はないだろう。

先ほどのビンズのような引きつり笑いが出るだけだ。

「短期で特効薬ができるなど思っていませんので、王妃《おうひ》様におかれましてはゆっくりと挑《いど》んでいただければと」

伯爵が達観したような表情で言った。

「あい、わかった」

マクロンの返答に頷《うなず》き、伯爵が目礼した。

「それで、便り所の開設は順調か？」

この『毛生え薬』を頼《たの》んだ伯爵は、レイアナの父であり郵政を担《にな》っているゴラゾン伯爵だ。

ダナンからミタンニまでの道のりは遠く、文を出すにも中継《ちゅうけい》場所が必要になる。どこかで文が滞《とどこお》っても、便り所までの記録があれば追跡《ついせき》も可能だ。夜盗《やとう》などに遭《あ》うこともあれば、事件や事故に巻き込まれることもある。文自体を狙《ねら》う者もいるからだ。

「はっ、アルファルドまでは繋《つな》がっております。それ以北ですが、少々厄介《やっかい》です。アルファルドより北は、主権国家でなく国境線が曖昧《あいまい》な都市国家が点在していますから」

マクロンは腕組《うでぐ》みして思案する。

「確かにミタンニも城壁《じょうへき》に囲まれた都市国家だ。周辺国も同様に小国家で、国境線はないか。そうなると、国家間を繋ぐ無法地帯に便り所を設置するしかないが、許可を取る相手が存在しない」

「はい。無法地帯とはいえ、勝手に設置するわけにもいかず、許可を取ろうとすれば、周辺国全てになります」

ゴラゾン伯爵が眉間《みけん》にしわを寄せた。

解決の方法が浮《う》かばないのだ。

「ブッチーニはどうしている？」

「隠《かく》れ村の情報を探《さぐ》っております」

国道管理を担うブッチーニ侯爵《こうしゃく》は、懇意《こんい》の国に出向き、行商人から情報を得ているそうだ。どこの国にも所属しない村が、無法地帯には点在している。

だが、国から追い出された者たちが寄せ集まる村だ。その大半は罪を犯《おか》した者になる。

そこに便り所を設置したところで、管理には無理があるだろう。

だからといって、なんの親交もない国を招き入れ、希望を聞き、便り所を設置する一角を与《あた》える都市国家も存在しない。アルファルドより以北はそういう地域なのだ。

その中でミタンニだけダナンと親交があったのは、銀細工の取引があったからだ。

「隠れ村の中でも、旅の行商人が立ち寄る補給村なら便り所の設置も可能かと」

便り所をいくつ通過するかで料金が決まる。

便り所を中継させず、単騎《たんき》で文を届ける場合でも中継所は必要だ。文を届けるまで寝《しん》食《しょく》休みなく駆《か》けるなどできないのだから。

「そうか。目星がつけばいいのだが。ブッチーニが戻り次第《しだい》二人で報告を」

マクロンはゴラゾン伯爵を下がらせる。

ゴラゾン伯爵は、退室寸前でマクロンの髪《かみ》を眩《まぶ》しそうに眺《なが》め『ふさふさ』と呟《つぶや》きながら一礼した。

そんな羨望《せんぼう》の視線を最後に受ければ、マクロンは呼ばざるを得ない。

文を託《たく》すために。

さてさて、婆やがフェリアに文を届ける。

「新たな依頼ね！」

フェリアは婆やから文を受け取った。

『ふさふさ生える小瓶《こびん》を頼む』

フェリアの顔は怪訝《けげん》そうだ。

「婆や、マクロン様のご様子は？」

婆やが少し首を傾《かし》げながらポツリと溢《こぼ》す。

「何やら、お疲《つか》れの様子でしたな」

フェリアは考えた。婚姻式《こんいんしき》のために無理をして、甘い睡眠《すいみん》と疲労《ひろう》を三日間過ごし、十日の視察を終えたマクロンの状態を。

王塔《おうとう》に戻ってもなお、政務を急かされているマクロンを想像した。

フェリアとて、同じように政務に勤《いそ》しんでいる。

「私も少々疲れているわ」

首を回し、目を閉じてフェリアはフゥと息を吐《は》いた。

思い浮かんだのは、緑豊かな31番邸《てい》。干し草ベッドと薬草茶、土の香り。癒《い》やされる空間が、フェリアを深呼吸させていた。

「フゥ……癒やし、そうよ！　癒やしを欲《ほっ》しているのだわ！　ふさふさの観葉植物が生える瓶ね」

さらなる勘違《かんちが》いが発動した。

トントン
『フーガ伯爵夫人《ふじん》様……ではなく、鳥使いと愉快《ゆかい》な仲間たちの来訪です』

扉《とびら》番の騎士《きし》が告げる。

きっとキャロラインが騎士にそう告げるようにさせたのだろう。

フェリアが文を机の引き出しに入れると、婆やが朗《ほが》らかに笑《え》みながら扉を開けた。

血色の良《よ》いキャロラインと疲労が滲《にじ》む三人が姿を現す。その瞳《ひとみ》は、フェリアに訴《うった》えている。キャロラインに侍《はべ》るしんどさを。

フェリアは苦笑いしながら、婆やに指示する。

「鳥使いの弟子《でし》たちにお茶を出して、婆や」

婆やがニマッと笑って頷いた。

ピッピッピン

小鳥がさえずる。

フェリアは小首を傾げた。

三羽《わ》だった伝鳥が四羽に増えていたからだ。

「フェンリアちゃん、迷い鳥を見つけたわ」

キャロラインが、見慣れぬ鳥を扱《あつか》いながら言った。

キャロラインの背後では、三人と婆やがソーッと退室する。抜《ぬ》き足《あし》差し足といった感じで。

フェリアはクスッと笑いながら、増えた一羽に視線を移す。

「迷い鳥？」

「そう、文の届け先がいなくて迷子になっていた伝鳥よ。王都周辺をさ迷っていたわ」

キャロラインの言葉に、フェリアの背筋を何かが這《は》う。

「……まだ、伝鳥がいたのね」

フェリアに、嫌《いや》な予感が襲《おそ》った。

キャロラインが、伝鳥の足下《あしもと》の管を開けて文を取り出し、フェリアに渡《わた》した。

細く丸まった文を、フェリアは開く。


『そろそろ焼く』


キャロラインも、フェリアの開いた文を覗《のぞ》いている。

フェリアは顔を上げ、キャロラインと視線を交《か》わした。この文言の意味がわかるのかと問うように。

キャロラインが首を横に振《ふ》る。

「この伝鳥は……どこの誰《だれ》に文を届けたかったのかしら？」

フェリアは疑問を口にしながらも、ピネルかリュック王子しか思い当たらない。

フーガ領以外で伝鳥が往来しているのは、カルシュフォンの一件だけだからだ。

「問題は、誰に届けたかったかではないわ。誰が伝鳥を飛ばしたのか」

フェリアは呟いた。

「この子、海の香りがしないわ」

キャロラインが、伝鳥に鼻を近づけながら言った。

「管もあまり錆《さ》びていないし……この子は、フーガの子ではないのかも」

フェリアはキャロラインの言葉に背筋が凍《こお》る。

これまで手なずけたピネルの伝鳥の管とは違い、迷い鳥の管は錆びてはいない。

潮風によって、伝鳥の管は錆びるものだ。一度装着した管を取《と》り替《か》えたりはしない。そうすることで、伝鳥は管を体の一部として認識《にんしき》する。

フェリアは空を見上げた。

今までの伝鳥は、全てダナン国内を飛んでいた。

ダナン国外へ飛行する伝鳥がいたならば……行き先はどこになろうか？

「……カルシュフォン」

フェリアは声に出して自身の失念を思い知る。

「私だって、空の道で繋がることを考えたのに！」

ピネルやリュック王子がそれを考えぬはずはない。

今回の偽物《にせもの》のサシェを用いた大きな取引を計画したなら、遠いカルシュフォンと連絡《れんらく》を取り合うために伝鳥に目をつけただろう。

何度か行った取引によって、新たな伝鳥に往来路を覚えさせたなら……もしくは、キャロラインの考え通り、フーガ領でなくカルシュフォンの鳥を訓練して伝鳥に仕立て上げていたなら……すでに、ダナンとカルシュフォンは繋がっていることになる。

「海の香りがしない。管があまり錆びていない。往来路は、ダナン王都とカルシュフォン？」

フェリアは、すぐにゾッドに目配せした。

意図を理解したゾッドが部屋を出て、セオをマクロンの元に走らせた。


時は少し前にさかのぼる。

マクロンとフェリアが三日間の蜜月《みつげつ》を終え、政務を始めた頃《ころ》だ。

ダナンが出した使者よりも早く、カルシュフォンに使いが飛来していたのだ。

カルシュフォン王は、伝鳥の足下の管から細長い文を取り出した。

『ミタンニ王主催《しゅさい》の芋煮《いもに》会に招待されました。こちらは順調』

それは、リュック王子が芋煮会に出席する前日に飛ばした一通の文になる。

リュック王子の元には、もう一羽伝鳥がいた。

フェリアの予想通り、ピネルは数度行った取引を利用し、カルシュフォンの鳥を訓練し伝鳥にしていたのだ。

カルシュフォン王がグシャッと文を握《にぎ》り潰《つぶ》し、臣下らの方へ投げた。

臣下の一人が文を拾い、内容を確認《かくにん》し他の者にも回していく。

「呑気《のんき》なものよ。こちらが身を犠牲《ぎせい》にして、国を繋げているのに！　ダナンめ、芋煮会だと⁉」

カルシュフォン王が、玉座から立ち上がりズカズカと進む。

玉座の横にある重厚《じゅうこう》な扉を開け放った。

そこには、紫《むらさき》が輝《かがや》いている。――小瓶に漂《ただよ》う紫色の液体が。

カルシュフォン王が、その一つを握り挙げ、文と同じように投げつけた。小瓶が割れ、床《ゆか》に紫色の液体が溢れる。

「カルシュフォンを繁栄《はんえい》させた『紫色の小瓶』は、ダナンによって曝《あば》かれ、顧客《こきゃく》からは、『紫色の小瓶』自体に害はないものの、疫病《えきびょう》の原因を作る品として眉《まゆ》をひそめられ、取引はほぼなくなりました。加えて、ミタンニの復国までも宣言……」

言葉は途切《とぎ》れ、集まった臣下らが唇《くちびる》を震《ふる》わせている。

このカルシュフォンが、『紫色の小瓶』の出所なのだ。

「ミタンニもダナンも『クスリ』で崩壊《ほうかい》できましょう」

別の臣下が拳《こぶし》を握りながら言った。

カルシュフォン王は大きく頷く。

「次代の王子らには、別の方法で国を潤《うるお》わせるように指示している。リュックは順調なようだな。……遊び惚《ほう》けておる王子もいるが」

六人も王子がいれば、セナーダの新王となったアルカディウスのように外遊に興じる王子もいるのだろう。

カルシュフォン王は、臣下らを回り終えた文に手を伸《の》ばし暖炉《だんろ》の火にくべた。

そして、玉座に戻り、おもむろに別の小瓶を手に取った。

蓋《ふた》を開け、少量を手に取り顔に塗《ぬ》っていく。

臣下らは、それを羨《うらや》ましげに眺めている。

「まだ、納品はないのか？」

カルシュフォン王が問うた。

「はい、残念ながら。そろそろ在庫がなくなるようです。潜入《せんにゅう》させた者から報告がありました」

カルシュフォン王は小瓶を持ち上げて、残り少なくなったのを確認し眉をひそめる。

「あの夫婦《ふうふ》は、どこにいるのでしょうか？」

別の臣下が呟いた。

「どこでも構わん。おびき寄せればいいだけだ」

カルシュフォン王は、暖炉の火を一瞥《いちべつ》し口を開く。

「あの夫婦は、村の者に品を配っていた。それもタダでな。効果を確認するためだろう。……つまり、疫病さえ発生させればまた現れる」

臣下らが頷く。

「ですが疫病が発生したダナンでも、確か9番目の妃《きさき》だったでしょうか、あの国にも夫婦は現れませんでしたが」

効果を確認したいなら、あの夫婦は最近疫病が発生した国に行くはずだ、と臣下が口にした。

「ダナンはすぐに終息したので、肌《はだ》が変色した者はほぼいません。もう一カ国、我々も『出張した』あの国は、封鎖《ふうさ》により人の出入りを止めました。ダナンに避難《ひなん》していたその妃さえ、妃選びが終わってもしばらくは帰国できませんでした。入国できたのは、ダナン王妃の兄だけです」

臣下らの発言が続く。

「夫婦が入国しやすいのは、元々納品までした過去があり、医術関係のことでは自由に門戸が開いているアルファルドでしょう」

カルシュフォン王は頷いてから、ニヤリと笑う。

「ダナンと手を組んだアルファルドに疫病を流行《はや》らせれば胸がすく」

ダナンとアルファルドは、内情はともあれ親交が深まったのは事実だ。

「それに、この肌を治せぬ無能医術国だろうに」

カルシュフォン王は苦々しげに言った。

変色を患《わずら》うカルシュフォン王は拳を震わせる。

臣下らもまた、同じように変色を身に宿している。

アルファルドの医術を頼《たよ》るのは、民《たみ》だけではなく、王家も貴族も同じである。だが、疫病により変色した肌を完治させる治療法《ちりょう》は確立していない。

疫病は『紫色の小瓶』を精製する過程で発症《はっしょう》する。最初は痒《かゆ》み、その後にジクジクとただれ始め、痛みを伴《ともな》う変色が始まり臭気《しゅうき》を発しながら広がっていく。その初期にタロ芋《いも》の生葉《しょうよう》で患部《かんぶ》を覆《おお》うと臭気は収まる。

だが、肌の変色までは治らない。

「どこの誰かもわからぬ者が配った品が効くとは、アルファルドの医術など片腹痛い」

カルシュフォン王が嘲《あざけ》る。

「そのアルファルドに疫病を流行らせれば、流石《さすが》にあの夫婦も足を伸ばすだろう。タダで配った品の効果を確認して、高値の売買に心躍《おど》らせるに違いない」

臣下らが頷く。

「綿毛の飛来はどうだ？」

カルシュフォン王が問うた。

「綿毛の飛来が観測されて一カ月半ほど経《た》ちました。『そろそろ』かと」

臣下の返答に、カルシュフォン王が少しだけ頬《ほお》を緩《ゆる》ませた。

「あのダナンでさえ、火災後になぜ腐《くさ》り沼《ぬま》が発生するか……その条件は知らぬ。フッファッファファッ、最大級の疫病を起こせばいい。タロ芋は各国で栽培《さいばい》され始めているが、生育できない方が多いからな」

疫病発生時に、タロ芋の生葉がなければ、感染《かんせん》は確実に広がる。

タロ芋は高地で栽培される作物だ。高地栽培の経験が少ない各国では、あまり上手《うま》くいっていない。

アルファルドとて同じである。

予防としての芋煮は、一年前にダナンから伝わったばかりで、十分なタロ芋も一角魔《ま》獣《じゅう》の肉も、ほとんどの国が準備中だ。

カルシュフォンは、一角魔獣どころかタロ芋の種芋《たねいも》さえ入手できていない。後々、ミタンニから奪《うば》えばいいと画策はしている。

「腐り沼になる条件は綿毛の多量飛来。このカルシュフォンしか知り得ません」

臣下らが頷き合う。

「目星をつけているアルファルドの森は、一カ月から二カ月過ぎれば確実に多量飛来する日を迎《むか》えましょう」

「それは楽しみよ」

カルシュフォン王の機嫌《きげん》は良くなった。

「ならば、リュックに知らせておくか」

カルシュフォン王は、種袋《ぶくろ》から種を取り出して伝鳥に与えた。

伝鳥は、早馬よりも早く連絡が取れる。ダナンからカルシュフォンまで早馬でも二週間はかかるが、伝鳥なら十日程度である。

直線路で飛べるからだ。

「少し休ませてから、飛ばすとするか」

ピッピッピン

伝鳥が鳴く。

カルシュフォン王は、自身を怖《こわ》がらぬ伝鳥に頬を緩めた。

呼《よ》び鈴《りん》を鳴らすと、役人が登場する。

「世話をしろ」

役人は深々と頭を下げて出ていった。

カルシュフォン王は臣下らを見回す。

「『そろそろ』、アルファルドの森を『焼く』準備に取りかかれ」

伝鳥は、一息の休憩《きゅうけい》を与えられ元気になると、翌日にはカルシュフォン王の文を足下に携《たずさ》えて飛んでいった。

その伝鳥こそ、キャロラインが見つけた迷い鳥である。


リカッロは出発してすぐにその存在に気づいていた。

コソコソと一団についてくる男の子を。

アルファルドに向かっている一団は、先行のゲーテ公爵《こうしゃく》と後方のペレにわかれている。

襲撃《しゅうげき》などのトラブルがあった場合に対処するためだ。

リカッロは、後方のペレの班に属している。

その後方の班を追うように、男の子がついてきているのだ。

「フォフォフォ、何やら小さな騎士のようですな」

ペレも気づいているようで、リカッロに声をかける。

男の子は、騎士のような服装で、腰《こし》にはこん棒を挿《さ》している。憧《あこが》れの騎士の服を母親にでも縫《ぬ》ってもらったのだろうか。

「流石にそろそろ帰した方が良いのでは？」

リカッロの言葉にペレが顎《あご》を擦《さす》りながら、またフォフォフォと笑う。

関所を通過すれば、馬に乗り駆けるのだから追いつけないのだ。

「では、私が」

そう言ったペレが、リカッロの横から消えるのは早かった。

リカッロは、ペレの動きに目を見張る。

「流石、曲者《くせもの》だ」

フェリアからペレが曲者だと聞いていたし、三人のペレの存在もマクロンから伝えられている。

すぐにペレが、男の子の首根っこを捕《つか》まえてきた。

「爺《じじい》、離《はな》しやがれ！」

威勢《いせい》のいい男の子だ。

「俺は、王様と王妃様に認められた騎士の卵だぞ！」

リカッロとペレは、互《たが》いに顔を見合わせた。

「フォフォフォ、確かゼグといったか」

ペレにもゼグの報告は上がっていたのだろう。

「そうだ！　俺は、王妃様と騎士になる約束をした。その修行《しゅぎょう》だから、放《ほ》っといてくれ」

ペレがゼグを離す。

ゼグは精一杯《せいいっぱい》ふんぞり返って腕組みしている。

「親御《おやご》さんが心配するぞ」

リカッロは、幼い頃のフェリアを見ているような気持ちになった。

「へん！　俺の父ちゃん、母ちゃんは手柄《てがら》を立ててこいって送り出してくれたんだ」

ゼグが、懐《ふところ》から文を取り出した。

ペレがそれを確認する。

リカッロも文を覗き込んだ。

「……寄宿舎生活の代わりか」

ダナンの男児は十五歳までに、親元を離れ集団生活を経験する習わしがある。身分問わず、同じ釜《かま》の飯を食らいダナンの礎《いしずえ》となるため心を通わせるのだ。

どうやら、ゼグの両親は恩返しのつもりか、ゼグを一団に送り出したようだ。十歳のゼグを送り出すとは、なかなかに肝《きも》の据《す》わった両親だろう。

「さて、参りましたな」

ペレが頭に手を置きながら考えている。

「強制的に帰しても、また追ってきそうだな」

リカッロがゼグの頭をポンポンと撫《な》でた。

「ああ、そうさ！　俺は、勝手についていくだけだ」

リカッロがガッハッハと笑い、ゼグを抱《かか》え上《あ》げた。

「下ろせ、おっさん！」

「お前は、俺のお供にしてやる。ペレ様、よろしいか？」

リカッロはそのまま、ゼグを馬に乗せた。

ゼグはおっかなびっくりで、鞍《くら》にしがみついている。

ペレが両親の文をリカッロに渡した。

「お任せしますぞ。どうやら、そのゼグは王妃様に忠誠の誓《ちか》いを立てたらしいので。王妃様の兄のお供には相応《ふさわ》しいでしょうな」

その言葉に、ゼグが目を見開いた。

「おっさんは王妃様の兄上ですか⁉」

「ああ、そうだ」

リカッロは言いながら馬に乗った。

「お、俺！　お役に立てるよう頑張《がんば》りますから、兄貴！」

ゼグの柔軟性《じゅうなんせい》だろう、リカッロを兄貴呼びに変えた。

懐に入る術《すべ》に長《た》けているようだ。リカッロが破顔した。

「おうよ。アルファルドに着いたら牛車に乗《の》り換《か》えるぞ。それまで、しっかり掴《つか》まっておけよ」

リカッロが鞭《むち》を振るい馬は駆け出した。

ゼグが何やら小さな悲鳴を上げるが、リカッロはガッハッハと笑いお構いなしだ。

一団は、一路アルファルドに向かった。

「兄貴、なんで馬車でなく牛車なんですか?」

アルファルドに到着《とうちゃく》後、リカッロはゲーテ公爵の一団とは別行動を始めた。

警護の騎士も、ゲーテ公爵の私兵の警護も断って動いている。一見、リカッロのお供はゼグだけだ。

ダナン王妃の兄であるリカッロには内密に警護がついているだろう。アルファルド内を自由気ままに動くため、大々的な警護をリカッロは断っただけだ。

「そりゃあ、立派な馬車だと狙われやすいからな。アルファルドより北はそういう所だ」

リカッロは、両親の手帳に綴《つづ》られた行商の注意項目《こうもく》から、危険地帯は馬車よりも牛車の方がいいと知っていたのだ。

馬だろうが、牛だろうが、夜盗に狙われたら逃《に》げおおせる可能性は少ない。

それでも、牛を興奮させて敵に突《つ》っ込ませた方が、逃げる隙《すき》を得られるのだ。牛を興奮させる薬草を持ち歩けば問題はない。

「まあ、馬車でも牛車でも狙われるもんは狙われる」

「どうやって切り抜けるんです、兄貴？」

リカッロがガッハッハと笑う。

「状況《じょうきょう》次第だ。戦う方法は色々あるし、逃げる方法もたくさん用意しておくもんだ」

剛鉄の泥《どろ》団子やマーブル瓶もその類いである。

「それに怪《あや》しい者が近づいてきたら、牛の糞《ふん》でも撒《ま》き散《ち》らしておけば躊躇《ちゅうちょ》するからな」

ゼグが『へえ』と感嘆《かんたん》しながら納得《なっとく》した。

そんなわけで、リカッロはアルファルドで用立てた牛車で町を移動する。

「アルファルドは、研究所だらけだ」

ゼグが辺りをキョロキョロ見ながら言った。

医術国であるアルファルドは、国の補助を得て、民間の研究所が多くあるのだ。

リカッロが探しているのは、肌の研究所である。両親の手帳の内容から推察するに、リカッロの軟膏《なんこう》を納品していたなら、美容研究所あたりが妥当《だとう》だろう。

「兄貴！　あれは？」

ゼグが『肌研究所』と書かれた小さな看板を指差す。

「でも、何か怪しげな研究所ですね」

ゼグが、研究所に入っていく者を見ながら言った。

皆《みな》が皆、全身を布で覆っているのだ。顔まで隠している者もいる。

「……そりゃあ、肌トラブルを起こしている者だからだろう」

他国の美容商品は化粧《けしょう》的な意味合いであることが多いが、ここ医術国アルファルドで肌を研究するということは、病に近い症状《しょうじょう》の研究を意味するだろう。

「アルファルドの研究所っていうのは、ある意味病院や治療所だからな」

ゼグが首を傾げる。

「違いはなんです？」

「病院や治療所、診療所《しんりょうじょ》は病気を治す場所。治療が確立されているから治せるわけだ。だが、研究所は治療が確立されていない病に対処している。色んなことを試《ため》して、色んな薬を試して、不治の病を治療できる病へと日々研究しているんだ」

ゼグが少しだけ瞳を揺《ゆ》らす。

「俺の父ちゃんも、王妃様に治してもらった。タロ芋の生葉を王妃様が育てていたから。少しだけ、腕は変色したけど……」

リカッロは、ゼグの頭をガシガシと撫でた。

「だから、研究するんだ。アルファルドはそういう国さ。行くぞ」

牛車を下り荷預かりに渡した後、リカッロとゼグは『肌研究所』に足を踏《ふ》み入《い》れた。

「どうしてよ⁉」

「なぜだ？」

カウンターでは何人もの布ずくめの者が、受付の者に詰《つ》め寄《よ》っていた。

「在庫がもうないのです」

受付の者が必死に答えている。

「早く仕入れてよ！」

「それが、仕入れ先が……」

どうやら、研究材料の試薬の納品がないのだろう。

リカッロとゼグは、これでは話が聞けないとカウンターが落ち着くまで、しばらく待つことにした。

だが、その間も研究所内は人が増えていく。

「美白美容液とシミ消しクリーム、保湿軟膏《ほしつなんこう》は仕入れ困難になりました！　もう取引していないのです！」

ついに、受付の者が大声で怒鳴《どな》った。

場がシーンと静まる。

だが、次の瞬間《しゅんかん》集まった者から怒声《どせい》が飛んだ。

騒然《そうぜん》となる場から、リカッロは外に出て牛車から大きな布袋《ぬのぶくろ》を開けて、中からいくつもの布袋を手に取った。

「おい、ゼグ。もう一袋《ふくろ》持てるか」

「もちろんだ、兄貴！」

リカッロとゼグは、布袋を担《かつ》いだまま研究所に入り、騒々《そうぞう》しい人々を押しのけて、カウンターに袋を置いた。

「お、おい、あんたなんだよ？」

受付の者も、集まった者もリカッロらを訝《いぶか》しげに見る。

「お待たせしました。美容商品三点です」

リカッロが布袋を開ける。

「こ、これです！」

受付の者が歓喜《かんき》の声を上げた。

リカッロはカウンターを跳《と》び越《こ》え、袋を開けて棚《たな》に置いていく。

受付の者も、すぐに納品確認を始めた。

「はい、皆さんちゃんと並んでください。物は十分にありますから、我先になんてしなくても大丈夫《だいじょうぶ》ですから」

ゼグが人集《ひとだか》りを並ばせていく。流石、現役《げんえき》の烈火団《れっかだん》団長である。こういう場数を踏んでいるのだろう。

するると、研究所の奥から、白衣を着た初老の女性が出てくる。

「こっちへ」

リカッロはゼグに後を任せ、女性が案内する奥へとついていった。

「で、あんたはあの夫婦の後を引《ひ》き継《つ》いだのかい？」

女性はそう言いながら白衣を脱《ぬ》ぎ、腕をリカッロに見せた。

女性の両腕は変色している。

「もしや……『紫色の小瓶』が原因の変色か？」

「ああ、そうさ。これでも良くなった方だ。あの夫婦の持ってきた美容商品三点を塗り続けていたら、ましになった」

リカッロは頷く。

カロディア領でも、リカッロの軟膏系の薬を女性たちは愛用している。傷跡《きずあと》を薄《うす》くする効果があるからだ。魔獣と戦うカロディア領の者は、生傷が絶えないのだ。

「ここは、各国から肌に良いとされる試薬や美容品を集めている研究所さ。効果が確認できれば、国に申し出る。あの夫婦が四、五年前だかに納品した美容商品三点は、効果があった。また来ると言っていたから、安心して試薬として出したら評判になった。だが、納品はされず品物は出ていくばかり。ついに、在庫切れだ」

女性は、リカッロを少しばかり睨《にら》んだ。

リカッロが薬用としての軟膏に手を加え、美容品に改良したのは確かに両親が長期間の行商に出る少し前だったか。それをゲーテ公爵家や、ここアルファルドまで納品していたということだ。

「亡《な》くなったんだ。両親は四年前に取引手帳と一緒《いっしょ》に崖《がけ》から落ちて」

女性は絶句した。

「手帳には血がこびりついていたから、納品先が判別できなかった。いや、それも言い訳だ」

リカッロは深々と頭を下げた。

リカッロが顔を上げると、女性はやっと口を開く。

「すまない。恨《うら》み言《ごと》を言っちまった。命に関わらない肌トラブルは、誰も研究しないから、ここが最後の砦《とりで》なのさ。色んな国の者から助けを求められる。苦労してアルファルドまで足を運んだのに、変色を治す術がないと泣《な》き崩《くず》れる者もいる。あたしゃあ、元は無法地帯の隠れ村の出だ。最近わかった原因の腐り沼が近くにあったのさ。きっと『紫色の小瓶』を精製した者がいたんだろう。臭気が村まで漂ってきたのさ……」

言葉は止まり、女性は少しばかり悲しげな表情を見せる。ダナンからのレポートで、肌が変色し痛み出す原因は広く知れ渡った。

沸騰《ふっとう》ろ過の際に、なんらかの作用があり発症するのだが、やはり臭気が発生するのが原因なのだろう。

研究好きのガロンでさえ、腐り沼で実験をして究明しなかったのは予測できていたからだ。発症し、体から発せられる臭気と同じものが、沸騰ろ過時に発生するのだと。

この女性はアルファルドを頼みに辿《たど》り着《つ》き、住み着いたようだ。元々研究対象者としての移住だったが、研究する側になったという。

アルファルド籍《せき》は、病に関連していれば承認《しょうにん》されやすいのだ。

「あんたのご両親は、立派だ。金はいらないから、色んな人に試して効果を教えてくれと多くの品を置いていったんだ。さっきのあんたと同じさ」

リカッロは苦笑いした。

改良したばかりのお試し品だったから、両親はお金を取らなかったのだろう。再来訪し、効果を確認するつもりだったに違いない。

リカッロは、美容商品として開発したが、確かに治療が必要な肌トラブルに効果があるかもと、両親は考えたのだろう。

「俺は、金を取るぞ。まあ、さっきの分は長年待たせた迷惑料《めいわく》として納めるけど」

女性がやっとニッと笑った。

「そうかい。あんたのご両親は、金はいらないから試してくれと名乗らずに帰っていったんだが、金を取るってんなら、あんたは名乗ってくれるのかい？　誰かわからない者と取引はできないから」

「もちろんだ。ダナン国カロディア領主兼《けん》『薬事官』のリカッロだ」

リカッロは女性に握手《あくしゅ》を求める。

すると、女性は目を見開いた。

「ま、待て。じゃああんたは、原因を突き止め、予防鍋を広めたダナンの王妃様の……」

「ああ、兄になるな」

女性はおずおずとリカッロと握手を交わした。

「兄貴！」

そのタイミングでゼグが入ってきた。

「どうした？」

「外に怪しい輩《やから》がいる。裏口から出た方がいいかもしれない」

女性が、『またか』と呟く。

「何年も前から、監視《かんし》されているんだ。特に何もしてはこないんだが、気味が悪くてな。まあ、アルファルドではこれが通常さ。効果が出た研究所から情報を得ようと暗躍《あんやく》する輩がいるのさ」

特に肌に効果がある品は、秘密裏《り》に取引され大金が動くのだ。だから、情報がすぐに流れるのだろう。

「あんたが納品した情報がもう流れたのさ。身を隠した方がいい。裏口はこっちだ」

女性に案内され、リカッロとゼグは裏口から外に出た。

「荷預かりに牛車がある。荷物を預かっていてくれないか」

リカッロは荷預かりの木札を女性に渡した。

「ああ、仕方がない。だが、戻ってこなかったら荷はいただくぞ」

女性がニッと笑う。

「ああ、それでいい。心置きなく戻らない。ガッハッハ」

「全く、ご両親と一緒で立派だよ」

今度こそ、リカッロと女性はしっかりと握手を交わした。


裏通りを進む。

「つけられてるぜ、兄貴」

ゼグが言った。

内密の警護ではなさそうだ。リカッロは背中に鋭気《えいき》を感じ取っている。内密の警護は、裏口から出たせいで意に反して、巻いてしまったようだ。

「研究所にいた輩とも違う気がする」

ゼグがリカッロに話しかける素振《そぶ》りで、背後を確認したようだ。

情報が素早《すばや》く流れ、色んな思惑《おもわく》を持つ者が様々に蠢《うごめ》いているのだろう。

「ガッハッハ」

リカッロは、ゼグを突如《とつじょ》持ち上げて肩車《かたぐるま》をした。

「兄貴！」

ゼグは突然《とつぜん》のことで、リカッロの頭をギュッと摑む。

「そうだ、しっかり摑まれ。何か見えるか？」

「ええっと……もう少し進むと、酔《よ》っ払《ぱら》いが歩いてくる」

ゼグが指を差して人数を数えている。

「爺《じい》さん連中、五名だ」

「よし、すれ違い様で走るぞ。前方に放るからお前は大通りまで突っ走れ」

「了解《りょうかい》！」

前方から赤ら顔の陽気な老人らがやってくる。少しばかりありがたいが良いのはありがたい。すれ違った後に、姿を隠せそうだ。

無法地帯なら、剛鉄の泥団子・改やマーブル瓶を使えるのだが、他国の領内で流石に使用はできない。関係のない者に被害《ひがい》が出てはならないからだ。

「もう一杯《いっぱい》行くぞ！」

先頭の老人が拳を挙げて先導している。

リカッロは、赤ら顔の老人と目が合った。

「肩車かい、いいね」

老人がゼグを見ながら、ゼグの足を持つリカッロの手をポンと叩《たた》いた。好々爺《こうこうや》のような表情だ。

「裏道は狭《せま》くて歩きづらいもんだ」

老人らがリカッロとゼグを通していく。

最後の老人とすれ違い、リカッロはゼグを思いっきり前方に飛ばした。

同時に老人らが歌い出す。

好都合な状況に、リカッロは感謝した。

きっと、つけている輩は老人らに足止めを食《く》らうだろう。

リカッロはゼグの背中を追う。

烈火団団長にして、騎士を目指すだけはある。ゼグの足は速い。

「兄貴、もうすぐだ」

大通り手前でゼグが振り返った。

リカッロとは二軒《けん》分ほど離れている。

「早く行け！」

だが、ゼグが大通りに到着することはなかった。

軒《のき》から手が伸び、ゼグを引き寄せたのだ。

「ゼグ！」

リカッロは手を伸ばす。だが、そのリカッロの手も軒から伸びた手に掴まれ、建物へと引き込まれた。

バタバタバタ

二人をつけていた輩の足音が過ぎていく。

リカッロとゼグは、何者かにより口を塞《ふさ》がれていた。

いつもの会議室は、テーブルの中央の文に疑問が渦巻《うずま》く。

マクロンとフェリア、ビンズとマーカス、さらにはキョトンとした表情のキャロラインがおり、新たな伝鳥の文が何を意味するかと考えている。姿を現せないペレは、隠れて会議を見守っている。

「何か考えられるか？」

マクロンが皆に問うが、口を開く者はいない。

そこで、フェリアは文に手を伸ばした。

「まず、誰に届くはずの文だったかの答えは導き出せます」

フェリアの発言にマクロンが頷く。

「伝鳥が届けられなかったのは、その者が捕《と》らえられているからだ」

つまり、今回の未遂《みすい》の件に関わった者だということだ。

「リュック王子かピネルでしょう。王都にいたのはこの二人ですから」

ビンズが言った。

「そうなると、これは誰が送った文になるか」

マクロンの言葉に、会議の面々は険しい顔になる。

「王妃様の推察が正しいでしょう。海の香りがしない伝鳥の向かう先は、カルシュフォンと考えるのが妥当です」

マーカスが言った。

「カルシュフォンがこの文を飛ばしたなら、やはり誰宛《だれあ》てなのかは、自《おの》ずとカルシュフォン国第六王子リュックになるでしょうね」

フェリアの言葉に、皆が頷く。

自国の王子との連絡手段と考えるのが妥当だからだ。

ピネルがリュック王子を飛《と》び越え、カルシュフォン自体と関わるとは考えづらい。

「まだ何かカルシュフォンは企《たくら》んでいることがあるようだな。この文言から何か考えられることはあるか？」

マクロンが皆に問う。

「『幻惑草《げんわくそう》』と『クスリ』に関係する文言に思えないのです」

フェリアは皆も思う疑問を声にする。

「『幻惑草』は焚《た》く。カルシュフォンが作ったと思われる練り香『クスリ』は軟膏ですから煮詰《につ》める、混ぜるが妥当でしょう。火にかけるならともかく、焼くに繋がる光景が目に浮かびません。判明していないだけで、練り香『クスリ』は焼く過程があるのかもしれませんが……。何を焼くにしても、そろそろとはおかしな言い回しになります。焼くのに時期が関係あるとは……料理でもあるまいし」

フェリアは思考が続かず、首を傾げるばかりだ。

「こちらが何もわからないことを見透《みす》かされては、リュック王子に訊《き》くにしろ……ピネルに確認を取るにしろ、また掌《てのひら》の上で踊《おど》らされかねん」

本当は、二人を尋問《じんもん》するのが先決かと思われるが、そう簡単には口を開くことはないだろう。

開いたところで、リュック王子が本当のことを言うかどうか。ミスリードされる可能性が高い。

　ピネルに至っては、知らぬことを知ったふりをしそうな精神状態だ。

「ただ、『そろそろ焼く』であって、『そろそろ焼け』ではないことから、この文を出した側の近況《きんきょう》なのかと思われます」

　マーカスが言った。

「何を焼こうとしているのかしら？」

　フェリアは首を傾げる。

「ねえ、カロディアちゃん。私、種を仕入れに行きたいのだけど」

　キャロラインが脈略もなく言った。

　皆が怪訝な顔でキャロラインを見る。

「フーガ夫人、その話は後にしてくれ」

　マクロンがため息をつきながら言った。

「だって、そろそろ薬華種がなくなるのだもの。『鳥使い』としては致命《ちめい》的だわ。イザーズに行ってもいいかしら？」

　キャロラインの発言を理解するのに、皆が少々の時間を有した。

　いち早く、反応したのはフェリアである。

「フーガ伯爵夫人！　伝鳥を扱う時に与える種は、イザーズの薬華種なの⁉」

「ええ、そうよ。フーガの『鳥使い』は、イザーズの薬華種の卸《おろ》し業者《ぎょうしゃ》と個別に取引しているの。王城と離宮《りきゅう》の往来を指示する種がなくなりそうなのよ。早く仕入れなきゃ、なくなってしまうわ。これからミタンニとの往来練習を始める予定なのに、種がなければできないわ」

キャロラインのさらなる発言に、またも皆が頭を回転させて思考している。

「往来……」

マクロンが呟いた。

「ええ、種で往来を指示するものでしょ？」

キャロラインが軽《かろ》やかに答えて、フェリアに視線を移した。

「カロディアに飛ばす伝鳥には、この種だったわ」

キャロラインがドレスの袖口《そでぐち》の膨《ふく》らみから、種袋を取り出して見せた。

「ええ、確かに」

船レースの勝敗を知らせるために、フェリアは伝鳥を扱った経験がある。

フェリアは、自身の持つ種袋を出す。フーガ領の女性騎士候補だった二人から押収《おうしゅう》し、伝鳥に与えているものだ。

「この種は、王城と荷屋敷《やしき》を往来する種ということ？」

フェリアは、誰ともなしに問うた。

「正確には、優秀《ゆうしゅう》な『鳥使い』の伝鳥なら、種のある場所、種を持つ者に飛ぶように訓練しているわ」

王城の女性騎士候補だったフーガ領の二人組と、荷屋敷にいたピネルの間を往来するために、伝鳥に種で覚えさせたのだろう。

「ピネルは優秀な『鳥使い』？」

フェリアは、答えをわかっていながら問うた。

「そうね。フーガで一番の『鳥使い』である旦那様《だんな》から、直々に教えられたのだから」

キャロライン以外の者が視線を交わす。

「薬華種は、往来する双方《そうほう》にあることになるわ」

新たな伝鳥は、ダナン王都にいたリュック王子とカルシュフォンを繋いでいるはずだ。

フェリアはマクロンに視線を移した。

カルシュフォンの関与《かんよ》を示す突破口《とっぱこう》になるかもしれない。

「25番目の元妃家こそ薬華を特産とするイザーズを所領とする。つまり、イザーズを調べれば、薬華種の取引がわかるだろう。ピネルの取引先、もしくはカルシュフォンかリュック王子の名が出ればいいが」

マクロンがフェリアの言葉に続けて言った。

種の補充《ほじゅう》に、ピネルを通せば時間がかかる。カルシュフォンかリュック王子の名で取引が行われている可能性もある。

単なる薬華種の取引なので、内密にする必要はないからだ。

「薬華種の取引がフーガとイザーズを繋げていた。つまり、……ピネルはイザーズで妃選びの内情を知ることができたのね。自身と同じ恨み辛《つら》みの感情を持つ者を知ることができたのだわ」

隠れていた背景がまた姿を現した。

ビンズが立ち上がる。調査に行くためだろう。

「ビンズ、あなたは動けないわ。荷屋敷を……ゲーテ公爵家を守ると約束したのだから」

フェリアは、ビンズを止めてマクロンに向き直る。

「現在、イザーズは隣《りん》領ベルボルトに領主代行をさせている」

マクロンが言った。

元妃家は幽閉《ゆうへい》島にて謹慎《きんしん》中だからだ。

「ジルハンを出す。もちろん、ソフィア貴人も同行させよう。フーガ夫人」

マクロンの呼びかけにキャロラインが立ち上がり、膝《ひざ》を折る。

表向きは、ジルハンのベルボルト領への帰省、屋敷にある荷物を王城へ引き上げる名目になろう。

「ええ、私はもちろん薬華種の仕入れに行きますわ。お任せを、王様、王妃様」

キャロラインは、ここぞという場面で間違《まちが》えない。そういう御仁《ごじん》である。

翌日、急遽《きゅうきょ》ジルハンを長とした一団がイザーズ領へと出発したのだった。

5 王子の首

やきもきしながら、フェリアは毎日を過ごす。

カルシュフォンとの交渉《こうしょう》のためアルファルドに向かった一団。薬華種の取引を調べるためにイザーズ領に向かった一団。練り香『クスリ』の調査のためカルシュフォンに向かうだろうリカッロのこと。

様々なことが、フェリアから遠い場にある。

「そろそろ、アルファルドに着いたかしら？」

会議をした日から十日経《た》っている。つまり、ゲーテ公爵《こうしゃく》の一団が出発して十日ということだ。

「もどかしいわ」

フェリアは動けぬ身を痛感した。

「嬢《じょう》、諦《あきら》めて寝《ね》なさね」

ローラがドレッサーの前でブツブツ溢《こぼ》すフェリアに言った。

今日の寝室《しんしつ》番はローラだ。

もっぱら、王妃塔《おうひとう》での寝室番はローラで、王塔《おうとう》でマクロンと寝所《しんじょ》を一緒《いっしょ》にする場合、ベルが隣室《りんしつ》に待機している。

フェリアはこの十日、マクロンと入《い》れ替《か》わるように視察が入っていた。

カルシュフォンの一件だけに時間を割《さ》けないのだ。

各方面から自領でタロ芋栽培《いもさいばい》が可能な土壌《どじょう》はないかと視察の要望があり、適した地を確認《かくにん》しながら巡《めぐ》る十日間だった。

そんな中でも、フェリアの頭の片隅《かたすみ》にはカルシュフォンの一件が常にあった。

「気もそぞろで、寝つけないわ」

フェリアはフゥと息を吐《は》いた。

本当は、マクロンのいる王塔に行きたいのはやまやまだが、明日からは視察のレポート作成が予定に組まれているため王妃塔に入ったのだ。

「それなら、ほら、あれだ」

ローラが何か思い出したのか、引き出しを指差した。

「領主が言ってたさね。書き写しでもして気を紛《まぎ》らわせれば、そのうち眠《ねむ》くなるさ」

フェリアは『あっ』と声を漏《も》らす。

リカッロがアルファルドに向かう際に、両親の手帳を任されたことを。

政務や視察の忙《いそが》しさ、新たな伝鳥のことで忘れていたのだ。

フェリアは引き出しから両親の手帳を取り出した。

「そうね。書き写さなきゃ」

コンコン
控《ひか》えめに、扉《とびら》が叩《たた》かれた。

ローラが寝室の扉を開ける。

「マクロン様！」

マクロンが照れくさそうに顔を覗《のぞ》かせた。

ローラがソッと退室する。

「あー、その、なんだ」

マクロンが頭を掻《か》きながら入ってくる。

「その……会いたかった」

マクロンの腕《うで》がフェリアに伸《の》びる。

「マクロン様」

フェリアはマクロンの腕に抱《だ》かれていた。

「流石《さすが》に、私の視察にフェリアの視察と二十日以上も温《ぬく》もりが離《はな》れるのはな」

「ええ、私も同じ気持ちです」

フェリアは、マクロンに身を委ねた。

温もりだけは、二人で一つなのだから。


「マクロン様、離してくださいったら」

フェリアの腰《こし》にがっちりマクロンの腕が絡《から》まっている。

「もう少しだけ」

ベッドの端《はし》から足を出したフェリアを、マクロンが引き寄せる。

フェリアはもう三度目にもなるマクロンのわがままに抵抗《ていこう》できずにいた。フェリア自身も内心ではマクロンと同じ気持ちだからだ。

マクロンがフェリアをすっぽり抱き締《し》め、首筋に顔を埋《うず》めた。

「何度も桃色《ももいろ》だ」

マクロンが愉《たの》しげに、フェリアの肌《はだ》を堪能《たんのう》し始める。

これもまた三度目であり、フェリアは羞恥《しゅうち》に頰《ほお》を染めながら精一杯《せいいっぱい》の抵抗を試みるが、マクロンがその抵抗を上回ってくるのだ。

ドンドンドン
「もっ、駄目《だめ》ですって、……マクロン様！」

ドンッドンッドンッ

扉を叩く音が大きくなる。

『蹴破《けやぶ》りますよ！』

ビンズの登場だ。荷屋敷《にやしき》から出勤してきたわりに早い。

マクロンとフェリアは見つめ合う。

熟《う》れた瞳《ひとみ》から、王と王妃への瞳に変わった。

「ゲーテ一団はアルファルドに到着《とうちゃく》しただろう。カルシュフォンにもすでに使者がリュック王子の悪事を伝えているはずだ」

フェリアも昨晩、マクロンの来訪までやきもきと考えていたことだ。

「では、イザーズに向かったジルハンの一団から連絡《れんらく》は？」

ジルハンの一団もゲーテ公爵の一団から一日遅《おく》れで出発している。イザーズ領には二、三日で到着しているはずだ。

「昨夜、ジルハンから数日中に帰還《きかん》するという知らせが届いた。残念ながら、薬華種の取引はリュック王子の名で行われていたようだ」

マクロンがため息をつく。

「……カルシュフォンは、全てリュック王子に罪を被《かぶ》せることになりますね」

なかなか、最後の一手を得られない。

「明確なカルシュフォンの関与《かんよ》を得るには……」

「新たな伝鳥に種を与《あた》え、追うしかあるまい」

だからこそ、キャロラインにイザーズ領に行ってもらったのだ。

ダナンとカルシュフォンを往来する専用の種を得るために。

——ドンッ!!

「あやつは慌《あわ》ただしいうえに、騒々《そうぞう》しい」

マクロンが扉をギロッと睨《にら》む。

『次こそ蹴破りますよ！』

マクロンが咄嗟《とっさ》にフェリアを布団《ふとん》で包み、ベッドから下りた。

フェリアは首だけ出して、マクロンを目で追う。

マクロンが扉を薄《うす》く開け、ビンズに頭《ず》突きをかました。

ビンズの膝《ひざ》が崩《くず》れる。

「すぐに準備するから待っていろ」

マクロンが扉を素早《すばや》く閉めた。

そして、フェリアをベッドから抱き抱《かか》え窓辺に立った。

「あれは、本当に懲罰《ちょうばつ》ものだな」

二人の視線は、7番邸《てい》に向いている。朝からすでに作業をしているようで、湯気が立ち上がっている。

「クコの丸薬作りは、贖罪《しょくざい》になるでしょう。自身が傷つけた人たちへの、せめてもの罪《つみ》滅《ほろ》ぼしだもの」

7番邸ではクコの丸薬作りが行われている。毎日、せっせとセナーダの王兄が大釜《おおがま》を煮《に》詰《つ》めているのだ。

セナーダの先王や第一王子であった王兄、傷を負った刺客《しかく》らの回復には、クコの丸薬がまだ必要なのだ。

「アルファルドが交渉場を提供する代わりに、クコの丸薬の作り方を要望しましたわ。フフ、バロン公が帰国する際に彼も引き取ってもらいます。元々、アルファルドに亡命を希望していましたしね」

マクロンがニヤリと笑った。

「ああ、クコの丸薬作りができる人物を送るとアルファルドには返答した。きっと、ガロンが来るかもと淡《あわ》い期待を持っていそうだ」

「セナーダ政変の元凶《げんきょう》が送られるとは思っていないでしょうね」

なんだかんだと、ダナンとアルファルドの攻防《こうぼう》のような親交は続いていくだろう。

「それに、リカッロのことも伏《ふ》せている。単なる『薬事官』として出張させているから。アルファルドは、随行《ずいこう》の医者擬《もど》きと思うだろう」

カロディア領主自ら動いているとはアルファルドは思わないだろう。知らせれば、きっとあれやこれやとリカッロを足止めして、カロディアの補薬の情報に貪欲《どんよく》になるはずだ。

「リカッロ兄さんなら、反対にアルファルドの医術を吸収してきそうだわ」

フェリアもフフッと笑った。

「そういえば、そろそろ……」

マクロンが外を眺《なが》めながら呟《つぶや》いた。

「そろそろ……焼くではありませんわね？」

フェリアは怪訝《けげん》そうに問いながら、マクロンの視線を追った。

マクロンの視線は森を見つめている。

「そろそろ綿毛が観測されるらしい」

「綿毛ですか？」

フェリアも森を眺める。

「ああ、闇夜《やみよ》に舞《ま》う綿毛は幻想《げんそう》的な雰囲気《ふんいき》なのだ。フェリアは見たことはないか？」

「綿毛……もしかして、多毛草《たもうそう》かしら？」

「確かに、ふさふさと毛が生えている感じの植物だ。それが綿毛となって空を舞う」

フェリアは頷《うなず》く。

「種子を飛ばすのですね」

タンポポなどの綿毛と同様である。

そこで、フェリアは頬を緩《ゆる》めて懐《なつ》かしげに笑う。

「どうした？」

「ガロン兄さんが多毛草を背負って帰領したことがあって」

他領への薬草納品の帰りに、ガロンが収穫《しゅうかく》してきたのだ。

「……眠れぬ私に、寝具《しんぐ》を作ってくれました」

両親の死で心を塞いでいた時期だ。

マクロンがフェリアをキュッと抱き締める。

「そうか」

「フフ、31番邸の干し草ベッドが懐かしいですわ」

ドンドンドンドンドン
扉が連打される。

「あやつに、多毛草を収穫させて寝具を作らせるか」

マクロンの言葉に、フェリアは噴《ふ》き出《だ》した。

「またペレに小言を言われますよ。最近の騎士《きし》は泥《どろ》団子を作ったり、鎌《かま》や鍬《くわ》で対戦したり、大釜を煮詰めたりと、騎士には到底《とうてい》見えないと嘆《なげ》いていましたから」

「さらに、草を収穫して寝具作りなどしたら、確かに騎士と言えるかどうか」

マクロンとフェリアは互《たが》いに見合い、笑ったのだった。


五日後、キャロラインらが帰還した。

荷が多く、帰還に時間がかかったようだ。

薬華種をたくさん仕入れたようで、フェリアは保管場所として7番邸を指示した。

「どの種が？」

フェリアはキャロラインに問う。

どの種が、リュック王子の手に渡《わた》っていたかと。

「これね」

キャロラインが指を差す。

大きな麻袋《あさぶくろ》が三つ積まれている。

「ずいぶん、仕入れたのですね」

フェリアは呆《あき》れ気味に言った。

「だって、これからミタンニと繋《つな》がるには、多くの種が必要でしょ？　すでにカルシュフォンと繋がっている実績のある種の方がいいのよ」

キャロラインが胸を張る。

「言い忘れていたけれど、私、ピネルよりも『優秀《ゆうしゅう》な鳥使い』なの」

なぜだろう、キャロラインの鼻が幾分《いくぶん》高く見える。

動物は悪意のない者に懐く。キャロラインはそういう意味で、『鳥使い』としては優秀なのだ。

「この子に与えれば、きっと向かうでしょうね」

フェリアは、止まり木で羽繕《はづくろ》いする新たな伝鳥を見る。

ピッピッピン
伝鳥がさえずった。

「これで、カルシュフォンへ飛ばせられるけれど……『そろそろ焼く』の意味がわからなければ、返答が決まらないわ」

リュック王子を追い詰《つ》めた芋煮会《いもに》のようにはいかないだろう。

「口を割ってもらうしかないわ」

続く言葉は、『リュック王子に』である。

翌日の深夜。

トントントン

ゾッドが、扉を叩く音に早急《さっきゅう》さを感じた。

『起きていらっしゃいますか⁉』

声に緊迫《きんぱく》感もある。

フェリアはすぐにガウンを羽織ってローラに目配せした。

ローラが扉を開ける。

「アルファルドより急ぎの知らせが！　リカッロ様行方《ゆくえ》知れずと」

フェリアは目を見開いた。

「すぐに王塔執務《しつむ》室へ」

ゾッドが言うと、王妃専属侍女《じじょ》が寝室に入ってくる。着替《きが》えを素早く行い、フェリアを送り出した。

隣室で待機していたお側騎士《そばきし》と一緒に、フェリアは王塔へと急ぎ足で向かった。

深夜のため、荷屋敷に住み込みのビンズはいない。

王塔の執務室には、マクロンとフェリア、マーカスだけだ。ペレは隠《かく》れている。

フェリアの到着を待って、早馬の騎士が膝をついて報告する。

「アルファルド『肌研究所』の裏口を出てから行方知れず、お供はゼグのみ」

フェリアは聞き覚えのある名に反応する。

「ゼグって……」

「現烈火団《れっかだん》団長だ。両親が寄宿舎生活に出す代わりに、アルファルド行きの一団に送り出したらしい」

マクロンがすぐに伝える。

フェリアは無意識に手を組んで祈《いの》っていた。

「無事で、無事でいて」

マクロンがフェリアを労《いたわ》りながら、騎士に問う。

「警護の騎士はどうした？」

「研究所を見張っている怪《あや》しげな者に気づき、互いに探《さぐ》り合《あ》いをしている間に、リカッロ様もそれに気づかれたのか、裏口から出たようです。大通りで先回りしていた警護の騎士はいましたが、姿は現れず。研究所の所長も裏口から出して逃《に》がしただけと」

フェリアはそこで、両親の手帳の文言を思い出す。

「リカッロ兄さんは、両親の取引を継《つ》ごうとしていました。確か……研究所に商品を納品していたような記録があって」

「はい。リカッロ様は研究所に商品を納品していたようだと」

フェリアはまたもどかしさを感じる。

直《じか》に研究所の所長に訊《き》きたい衝動《しょうどう》に駆《か》られた。

両親の納品と、リカッロの納品。怪しげな者。何か情報が足りない。それに手を伸ばすこともできない。

「安易に出張させるべきではなかったか」

マクロンが悔《くや》しげに言った。

「いえ、リカッロ兄さんは止めても行くわ」

今度はフェリアがマクロンに寄《よ》り添《そ》った。

マクロンがフェリアの手をポンポンと撫《な》でて応えた。

「ゲーテからは？」

マクロンの問いに早馬の騎士が頷き、懐《ふところ》から文を出した。

「……なるほど」

マクロンがフェリアに文を渡す。

フェリアは確認して目を閉じた。大きく息を吐き出す。

内容はカルシュフォンの残忍《ざんにん》さをさらしていた。

＊＊＊

アルファルド到着後、ほどなくしてカルシュフォンの使者が来ました。

リュック王子の処刑及《しょけいおよ》び、関係者も厳罰《げんばつ》にとの返答がありました。それらを全てダナンに委ねるとのことです。

『王子の首を慰謝料《いしゃりょう》代わりに差し出す』

鮮烈《せんれつ》な先制です。居直りのようでもありますが。これには閉口せずにはいられませんでした。ですが、ペレ殿《どの》がすぐに返答しました。

『両国、いえ、ダナン、ミタン二、カルシュフォンへの見せしめとして、首は三国のどこにさらせばよろしいか』

さらに、どんな処刑がいいのかと使者に笑《え》みで話す様に、ペレ殿の恐《おそ》ろしさを感じました。

『首程度の慰謝料では足りませんから、他もご提示を』

そう追撃《ついげき》しまして、使者を帰らせました。

先方は王子の首を差し出すことで、交渉の場につくことを拒《こば》んでいるかのようです。このままでは、交渉はおろかミタン二の民《たみ》も引き取れません。

リカッロ殿に関しては、早馬の騎士から直にお聞きください。急ぎの知らせのため、この辺で。

ゲーテ公爵

本来なら、もっと詳細《しょうさい》な報告が届くものだ。しかし、リカッロの行方知れずや、思わぬカルシュフォンの先制があり、早急に文を出したのだ。アルファルド到着から一週間もせず知らせが届くはずはない。

早馬の騎士も疲労《ひろう》が顔に出ている。無理をしてきたのだろう。

「リュック王子に会いましょう」

フェリアは、マクロンに告げた。

＊＊＊

特別室で、フェリアは久しぶりにリュック王子の顔を見た。

15番邸で追い詰めて以来になる。

「ああ、これは、これはダナン王妃様。快適に過ごしております」

リュック王子がニヤニヤしながら言った。

フェリアは何も言い返さない。

ただ、ジッとリュック王子を見つめる。

「こんな深夜に来訪するとは、慰謝料の算段でもつきましたか？　悔しいでしょうが、致《いた》し方ないこと」

リュック王子は、フェリアが無言であることを勘違《かんちが》いしたようだ。カルシュフォンが慰謝料を出し、リュック王子の身柄《みがら》を預かる算段がついたと。

フェリアは、少し離れた机にゲーテ公爵からの文を置く。

リュック王子は、訝《いぶか》しげにフェリアの様子を見ている。

「お望みを訊くわ」

フェリアは文をトントンと叩き、リュック王子に言った。

リュック王子が、机に置かれた文を確認し顔色が変わっていく。

「どこをお望みかしら？」

死刑《しけい》宣告をリュック王子は受けたのだ。

「そ、そんなはずはない！　この文は策略だろう！　この俺を欺《あざむ》けるとでも⁉」

リュック王子の動揺《どうよう》が見て取れた。

「返答がないなら、こちらで決めるわ」

フェリアは踵《きびす》を返《かえ》した。

「ま、待て！」

フェリアはいっさい振《ふ》り返らず退室した。

背後の特別室から、物にでもあたっているのか大きな音が聞こえてくる。

廊下《ろうか》で待っていたマクロンがフェリアを迎《むか》えた。

「準備は万端《ばんたん》だ。今日中に済ませる。さっさとカルシュフォンに首を届けてやろう。密《ひそ》かにやらせる」

マクロンが大声で言った。

特別室の物音がピタッと止まった。


一刻も過ぎないで、特別室の扉が開けられる。詰問《きつもん》府の者が、リュック王子を引っ立てていく。

「ずいぶん芝居《しばい》じみているな！　俺は騙《だま》されんぞ！」

威勢《いせい》のいい口ぶりとは違い、表情は青白い。

リュック王子が何を言っても、誰《だれ》もそれに反応しない。粛々《しゅくしゅく》と身柄は運ばれていく。

リュック王子は青白い顔色に似つかわしくない多量の汗《あせ》が滴《したた》っている。

「は、ははは、こんな脅《おど》し……」

段々と口調が弱くなっていく。

そこに、真っ黒な衣服を纏《まと》ったマクロンとフェリアが訪《おとず》れる。

「う、嘘《うそ》だろ？」

密かに処刑する者を見送る王と王妃の服装を、リュック王子は見せつけられたのだ。

ここに至っても、マクロンもフェリアも口を開かない。

誰も何も言わないまま、リュック王子は黒頭巾《くろずきん》を被せられた。


真っ暗な闘技場《とうぎじょう》に松明《たいまつ》の炎《ほのお》が灯《とも》る。

リュック王子はガタガタと体を震《ふる》わせている。

中央に首つりの台が松明に照らされて浮《う》かび上《あ》がっていた。

真っ暗なマントを纏い、フードを目深に被った詰問府の者がおもむろに縄を取り出し、縄の先端《せんたん》を輪にする。

リュック王子の目が大きく見開く。

「やめろぉぉぉぉぉぉ！」

闘技場に悲鳴が響《ひび》く。

しかし、それにも誰も反応をしない。

淡々《たんたん》と詰問府の者が、縄を首つり器具にかけていく。縄がダランと垂れた。

「やめろぉぉぉぉぉ！」

また大きな悲鳴をリュック王子が出す。

フェリアはそこで台に上り、垂れた縄の下に薬華と種を撒《ま》いた。

そして、祈るように手を組み呟く。

『安らかに』

リュック王子の耳には届いたはずだ。

膝がガクガクと震え始め、歯がガチガチと音を鳴らしていた。

詰問府の者が、リュック王子を引っ立てて台に上がらせる。いや、引きずられて、リュック王子は台に上げられた。

フェリアはその横で、再度薬華と種を上空に放つ。

すると、似つかわしくない軽《かろ》やかな鳴き声が聞こえる。

ピッピピッピピン
「あっ……」

リュック王子の膝がカクンと崩れ、腑抜《ふぬ》けたように腰が折れて地面についた。

伝鳥が飛来し、リュック王子の肩《かた》に留まった。

「あ、あ、あぁぁぁぁ」

言葉にできずに、リュック王子はフェリアに訴《うった》えた。

それに応えるように、フェリアは伝鳥の足下《あしもと》の管から文を取り出す。

「そろそろ焼く？」

フェリアは文言を口にし、リュック王子を見ながら首を傾《かし》げた。さも、今文を見たかのように。

「あ、あ、あぁぁ……アルファルドだ！」

マクロンとフェリアは眉《まゆ》をひそめて、その告白を聞いたのだった。


カルシュフォン国城内は、王の逆鱗《げきりん》に触《ふ》れることを恐れ、王間に近づく者は少ない。

ガチャンガチャンガチャン
怒《いか》りで、『紫色《むらさきいろ》の小瓶《こびん》』はいくつも投げられる。

「ダナンめ！　ダナンめ！」

カルシュフォンにダナンの使者が訪れ、リュック王子を捕《と》らえたことを知らされたのだ。

『幻惑草《げんわくそう》』と練り香『クスリ』の取引が判明したこと。

未遂《みすい》ではあるが、偽物《にせもの》のサシェに『幻惑草』を忍《しの》ばせてミタンニに運搬《うんぱん》しようとしていたこと。

交渉の一団は、一路アルファルドに向かうこと。

それらを、ダナンの使者から伝えられたのだ。

カルシュフォン王は、出荷《しゅっか》できない『紫色の小瓶』に怒りをぶつけていた。

「リュックが捕《つか》まり、練り香『クスリ』の存在も知られてしまった！」

　ガチャンガチャンガチャン
「このままでは、カルシュフォンの面目《めんぼく》が立たぬぞ!!」

「王様、その辺で。王子は……六人もおります。どうか、冷静な判断を」

　臣下が一人、王間に入ってきながら言った。

　カルシュフォン王の手が止まる。

「……何を言っている?」

「何を手放すかです」

　カルシュフォン王がゆっくり顔を上げて、臣下と視線を交えた。

「リュック王子が勝手にしたことだと公表しましょう。カルシュフォンの体面がありますから。ダナンもそのつもりで交渉に臨《のぞ》んでくるでしょう。見返りは、ミタンニの民の解放。公《おおやけ》にしないが練り香『クスリ』や『幻覚草《げんかくそう》』に関しての追及《ついきゅう》も含《ふく》まれます」

「リュックが勝手にしたことであり、知らぬ、存ぜぬで通せば」

「いいえ」

　臣下がピシャリと止める。

「国を転覆《てんぷく》させる恐れのある『クスリ』のことが解明されるまで、その情報を持つリュック王子の身柄は返せぬと言われるでしょう。特に練り香『クスリ』の出所がわからねば返さないと」

一般的《いっぱんてき》な『クスリ』の形態と違うからだ。

「旅の行商人から仕入れたなどと言《い》い逃《のが》れをしたとて、大国ダナンが見逃《みのが》しはしません。それこそ、危険なブツを各国に広めぬためであると大義名分が立ちますから。追及は『クスリ』となるべく調合される『幻惑草』と『幻覚草』のことにも向かうでしょう」

カルシュフォン王がギリギリと歯噛《はが》みする。

「ダナンは万全《ばんぜん》な態勢で交渉に臨んでくるのです。こちらは、それを跳《は》ね返す手を打たねばなりません」

「つまり？」

「秘密を知るミタンニの民も練り香『クスリ』も渡せません」

カルシュフォン王はすでに答えがわかっている。だからこそ、『紫色の小瓶』に溢《あふ》れる感情を込《こ》めて投げていたのだ。

渡せるものは何かと考えれば自《おの》ずと答えは出る。

「特に、練り香『クスリ』は『紫色の小瓶』に代わるカルシュフォンの財になります。王様は、それを手放せますか？」

「渡せぬ！」

臣下が大きく頷き、ゆっくりと上半身の衣服を脱《ぬ》いだ。

「王様と同じで、我々はカルシュフォンを繁栄《はんえい》に繋げました。『身を犠牲《ぎせい》にして』」

カルシュフォン王と臣下は、互いの変色をジッと見つめる。
「そうだ、犠牲によりカルシュフォンは守られる」
二人は無言の答えを出した。
カルシュフォン王は筆を持つ。
『王子の首を慰謝料代わりに差し出す』
追い詰められたカルシュフォンの返答だった。

6 ◆◆◆◆ 宿命と贖罪

フェリアは引き出しを開けてそれを取り出した。

「想《おも》いを……」

継《つ》ごう。そうリカッロは言っていた。

「きっと、兄さんは想いを見つけたから納品したんだわ」

フェリアは両親の手帳を開いた。

『最初……ル……ユフ……森……、……果確認《かくにん》中……

——アルファルド……研究所……ッロ、……納品』

「両親は、アルファルドの肌《はだ》研究所にリカッロ兄さんの美容品を納品していた。兄さんもそれに倣《なら》った」

リカッロの行方《ゆくえ》知れずの状況《じょうきょう》から、推《お》し量《はか》れる。

「……美容品の効果。納品したら、効果は確認するわ」

　フェリアは、両親の想いを汲《く》んで繋《つな》げていく。

「森」

　手帳をなぞり、目を閉じた。

「森……カルシュフォンの王子が口にした。アルファルドの森をそろそろ焼くと」

　それは、リュック王子が叫《さけ》んだ告白だ。

　なぜ、焼くのだと問うたが、そこは唇《くちびる》を噛《か》み締《し》め血が滲《にじ》むほどに口を噤《つぐ》んで話さない。アルファルドの森を焼く、アルファルドの森を焼く、何度もリュック王子は叫んだ。なぜ焼くのかとの問いをかき消すように。

「手帳の文言とは重なるようで重ならない。『最初……ル……ユフ……森……』、『アルファルドの森をそろそろ焼く』」

　フェリアは窓辺から後宮を望む。

「森を焼く？」

　フェリアは声に出して、森を見つめる。

　妃選《きさき》びの最中に起こったことを、フェリアは思い出していた。

　女官長の甥《おい》が森に火を放ち、後宮の警護を手薄《てうす》にさせた。

　そして、配下の侍女《じじょ》が手引きし、不届き者を31番邸《てい》に招き入れた。フェリアを攫《さら》うために。

「悪事を企《くわだ》てる者が森を焼く。カルシュフォンが森を焼く。アルファルドの森を焼くのは、何かを企《たくら》んでいるから」

フェリアの視線は森のままだ。

「森を焼く……森林火災、火災の後に」

フェリアの声は震《ふる》え出す。

「森が焼かれて、ダナンに何が起こったのか知っているわ」

フェリアの思考に突如《とつじょ》幼い騎士《きし》が姿を現した。

「ゼグ」

彼の存在が、フェリアの思考を答えへと導く。

「森林火災、腐《くさ》り沼《ぬま》、『紫色《むらさきいろ》の小瓶《こびん》』精製、疫病《えきびょう》、変色、……美容品効果確認中、アルファルド肌研究所、リカッロ美容品納品」

フェリアは目を見開き、両親の手帳を見つめる。

「どうして、そこに行ったのか」

フェリアは両親の手帳を抱《だ》き締めた。想いを包むように。

「最初の発生地の村、カルシュフォンの森」

フェリアは手帳を読み解いたのだ。

マクロンは、フェリアの推察に驚愕《きょうがく》した。

それは、会議室にいる皆《みな》も同じだ。

リュック王子の告発翌日になる。

マクロンとフェリア、ビンズとマーカス、エミリオとジルハンも在席している。

「それは、つまり？」

マーカスがフェリアに問うた。

「手帳から推察されることは、いえ、両親の想いを倣えば……疫病の発生地を発見し、リカッロ兄さんの美容品を納品した。病は予防することと治すことが、最も重要だもの。芋《いも》煮《に》で予防を確信した両親は、次に病で引き起こされる変色を治すことを目指した。それならば、最初に疫病が発生した村を探すはず。最初の地にしかない多くの情報を得るために。この手帳はそれを記しているの」

フェリアは、手帳を撫《な》でる。

その手にマクロンの手も重なった。

フェリアはマクロンと優《やさ》しく微笑《ほほえ》み合う。

「カルシュフォンで疫病の最初の村を発見し、美容品を配った。アルファルドでも肌研究所に試供品として提供する。効果はすぐに現れないから、確認中と記す。その帰路で……きっとゲーテ公爵《こうしゃく》家にも納品したのだろうな。エミリオに会い、ベルボルトにいるはずのジルハンがなぜここに？　と疑問を口にしたのだろう。それを、ベルボルトのソフィア貴人宅でも口にしたのだ。だから……」

マクロンの言葉は途切《とぎ》れる。

エミリオとジルハンは悲痛な顔つきに変わった。

「エミリオ、ジルハン、手をここへ」

フェリアが言った。

フェリアに重ねたマクロンの手に、エミリオの手が乗る。そして、ジルハンもそこに重ねた。

「想いを継いでいくわ」

「ああ、誓《ちか》おう」

フェリアの言葉に、マクロンも宣誓《せんせい》する。

エミリオとジルハンも言葉を紡《つむ》ぎ、顔を上げた。そこに悲痛な面持《おもも》ちはなかった。

心の痛みは、感情でしかない。その痛みを顔に表しても、何も解決へと向かわない。

そこに留まっていては、想いを継いでいくことはできない。時を凌駕《りょうが》し、繋げていくことはできないのだ。

「……両親の想いを継ぐために、向かわねばなりません」

フェリアの声にいっさいの揺《ゆ》るぎはない。

ビンズとマーカスがグッと唇を結んでいる。

それは、否を表すことではなく是《ぜ》を口にしないように耐《た》えているのだ。

「私は、アルファルドに向かいます」

「フェリア」

マクロンは立ち上がろうとするフェリアの手を取った。

「マクロン様が止めても行きますわ」

「ああ、私もビンズが止めても向かおう」

「え？」

マクロンは驚《おどろ》くフェリアの手を取って、立ち上がった。

「向かわせてくれなどと乞《こ》うことはない。私もフェリアと共に向かう」

マクロンは唖然《あぜん》とするビンズに宣言した。

「しかし！」

「エミリオ、ジルハン。玉座を守れ」

ビンズに反論させる間もなく、マクロンは弟らに命じた。

「ビンズ、選べ。選択肢《せんたくし》は二つだ」

詳《くわ》しく言わずとも、ビンズなら理解するとマクロンは思った。

「私も一緒《いっしょ》に……」

ビンズがそこで言葉を止めた。

「一緒に……は、私は行きません」

ビンズがエミリオを一瞥《いちべつ》する。

エミリオとゲーテ公爵と交《か》わした約束を忘れてはいない。

何より、マクロンが引き連れる隊は近衛《このえ》になる。そうなれば、ダナンの玉座を守る別の隊が必要なのだ。

ミタンニ王となるエミリオの近衛隊はまだ編成途中《とちゅう》だ。

マクロンはビンズの肩《かた》に手を置いた。

「我が戻《もど》るまで、第二騎士隊はエミリオの近衛隊に昇格《しょうかく》とする！」

ビンズが『はっ』と返答し膝《ひざ》を折った。

「マーカス」

フェリアがマーカスを呼ぶ。

マーカスもビンズと同じように膝を折った。

「フォレット家の役割を果たしなさい」

「王家の血を絶やすことはありません！」

マーカスがエミリオの元に侍《はべ》る。

これで、マクロンとフェリアがアルファルドに向かうためのダナンの態勢が決まった。

「で、あんたら何者だ？」

リカッロは目の前の男らに問う。

軒《のき》から伸《の》びた手で捕獲《ほかく》され、あれよあれよと建物内を移動し別の小路《こみち》に出た。

「味方ですから」

確かに殺気は感じない。

「ウーウーウー」

別の建物から口を押さえられたゼグも出てくる。

「おお、ゼグ、無事だったか！」

リカッロは、すぐにゼグを抱《かか》え肩車《かたぐるま》した。

男らは五名。全員それ相応の年を取っている。

「兄貴……」

ゼグが涙声《なみだごえ》になっていた。リカッロの頭をギュッと摑《つか》んでいる。

「すまない。大声を出されたら、敵に見つかるかもしれないと思い口を押さえたが、恐《きょう》怖《ふ》を与《あた》えてしまったようで」

丁寧《ていねい》な口ぶりで男らが頭を下げた。

「それで、あんたらは俺らの味方で何者なんだ？」

何者かと問うて、味方だと答えられたがそれはリカッロの問いの返答になっていない。

「それは、皆が揃《そろ》ってからお答え致《いた》しましょう」

男らが片膝《かたひざ》をついてリカッロに頭を下げる。

リカッロは、その様に見覚えがあった。

「あんたら、騎士か？」

ダナンの王城で、リカッロが見た騎士の所作そっくりだったのだ。

「……」

男らは答えない。ただ、耐えるように頭を下げている。

リカッロは、まだ動揺《どうよう》しているゼグの足をポンポンとあやして落ち着かせた。

「ゼグ、いけるか」

リカッロの問いに、ゼグが目元を拭《ぬぐ》った。

「ああ、兄貴、すまなかった。もちろん、いけるぜ！」

男らもホッと一安心したようだ。

「じゃあ、その皆とやらに会わせてくれ」

リカッロとゼグは男らについていった。

いくつも小路を抜《ぬ》け、王都の外れまで来たようだ。

アルファルドの王都は城壁《じょうへき》に囲まれていない。形式的な関所はあるが、医術関係者や原則病人の往来のために開け放たれた都なのだ。

王城だけが強固な造りで小高い場所に建っている。

王城から外れるにつれ、建物が少なくなっていく感じだ。

リカッロの背中で、ゼグが眠《ねむ》っている。緊張《きんちょう》の糸が切れて、疲《つか》れから眠ってしまったのだろう。

男らが周囲を警戒《けいかい》する。

リカッロらを見張っていた輩《やから》や、狙《ねら》っていた輩の気配はない。

「この奥の寺院で身を隠《かく》しましょう」

少し先に、古びた寺院がある。

「こちらの所有は、アルファルド第一妃様。この寺院でミタンニの民《たみ》を保護しておりました」

ここで、思わぬ名が出た。

「……先王の妹だよな」

リカッロは呟《つぶや》く。

やはり、この男らはダナンと関わりがあるのだろう。

「少々手荒《てあら》なことを致しました」

寺院の奥から、見知った顔が現れた。

フォフォフォと笑う様は、アルファルドまで同行した者と同じだ。だが、同じ者かどうかの判断は、リカッロにはできない。

「なるほど、ペレ様でしたか」

リカッロはそこでやっと肩の力が抜けた。素性《すじょう》がわかれば安心する。確かに味方になるだろう。

「いいえ、今はハンスです。私がペレに戻ることはありません」

ハンスが付け髪《がみ》を被《かぶ》り、懐《ふところ》から眼鏡を出してつける。

無精髭《ぶしょうひげ》もつけ、ペレだとわからなくなった。

これが、X倉庫番ハンスの姿である。

別のペレであるとリカッロは理解した。マクロンやフェリアから聞いているミタンニ復国に向かったペレだと。

「ミタンニ復国を裏で支えるためか？」

「そのつもりでした。ですが、私はここに来る宿命だったと思います。やり残したことが、姿を現したので……贖罪《しょくざい》を。先に贖罪からですな」

ハンスの言葉の意味を訊《たず》ねようとした時、寺院に足音が近づく。

男らに警戒の気配はない。

「良かった。合流できましたか」

リカッロは振《ふ》り返《かえ》って確認した。

そこに、肌研究所の裏口から出てすれ違《ちが》った酔《よ》っ払《ぱら》いらがいた。

これが、皆が揃った状態のようだ。

「それで、俺を囲う理由を聞かせてくれないか？」

マクロンの懐刀《ふところがたな》であったペレが……ダナンに忠誠心のあるペレが、狙われたリカッロらを安全なゲーテ公爵一団に戻すのではなく、ここに連れてきた理由を。他のペレに託《たく》さぬ理由を。

「敵は、あなたのご両親をおびき寄せるために、……あの疫病を発生させようとしております」

その言葉に、リカッロは愕然《がくぜん》とした。


リカッロはハンスと一緒に、カルシュフォンまで足を伸ばしていた。カルシュフォンには、二人だけでやってきた。

ゼグはアルファルドに残したままだ。

リカッロがダナンを出発して三週間弱になる。

馬でダナンからアルファルドまで十日ほど、肌研究所を出てから古びた寺院を経て、一週間ほどかけカルシュフォンに到着《とうちゃく》した。

「ミタンニ復国が宣言されて以来、多くのミタンニの民が入国を果たしました。ですが、おかしなことに、ミタンニに一番近いカルシュフォンからの入国が一人としてなかったのです」

ハンスが森を進みながら説明する。

カルシュフォンは森に囲まれた国だ。森が城壁代わりといっても過言ではない。

カルシュフォンとミタンニを抜けると、異民族が権力闘争《とうそう》を繰《く》り広《ひろ》げる広大な地になる。巨大《きょだい》交易圏《けん》となる異民族支配地に入るため、最後の補給と休息地としてかつてのミタンニがあった。

カルシュフォンも同様に休息地になり得たが、カルシュフォンを守る森が、先を急ぎ、荷を運ぶ商団には難儀《なんぎ》だったため、ほとんどの者がミタンニを利用していた。

異民族の地に繋がる草原の玄関口《げんかんぐち》がミタンニであったのだ。

ミタンニのような小国家は、入国時に通行税を徴収《ちょうしゅう》し、財源にしている。

それをカルシュフォンが狙ったのは言うまでもないだろう。

行く手を阻《はば》む森を、リカッロとハンスは警戒しながら歩む。王城に進む道ではなく、獣道《けものみち》を。

「ダナンとの関係もあり、ほとんどの国がミタンニの民を快く祖国に送り出す中、カルシュフォンからだけ音沙汰《おとさた》がないことが奇妙《きみょう》でした」

ミタンニの民を引き連れることで、各国の爵位《しゃくい》を継げぬ貴族らが創始の忠臣として入国を果たすことができる条件があるからだ。それだけでなく、ダナンとのあらゆる取引を鑑《かんが》みて、ミタンニの民を縛《しば》りなく送り出す国もある。

ミタンニの復国による資材の取引や、ダナンとの親交のためにミタンニ復国に挙手する国々は、ある程度の益を見越《みこ》してのことだろう。国と国の繋がりが富を生むことになるからだ。

確かに、ミタンニの隣国《りんごく》であるカルシュフォンからなんの反応もないのがおかしいのだ。リュック王子が挙手した以外に、ミタンニの民が全く姿を現さないのも奇妙に感じる。

「だから、潜入《せんにゅう》して探《さぐ》ったと？」

リカッロが問うた。

「はい、驚愕の事実を目の当《ま》たりにしました」

そこで、ハンスが足を止めてリカッロと向き合った。

「この森の奥深くに、カルシュフォンの従属村が点在しています。その中の一つが、ミタン二職人を軟禁《なんきん》している村になります」

ハンスの言葉に、リカッロは顔をしかめた。

「軟禁って……」

ハンスが目を細め、苦悶《くもん》の表情を見せる。

「ガラスの小瓶を作っている村です。紫色の液体を入れる『小瓶』を」

その言葉に、リカッロは天を仰《あお》いだ。ぼやけていた繋がりが徐々《じょじょ》に鮮明《せんめい》になっていく感覚だ。

「なるほど、カルシュフォンが手放さない理由はそれか。……いや、その瓶だけじゃないな。練り香『クスリ』の瓶も作っているはずだ」

ガラス瓶作りの職人を、カルシュフォンは軟禁しているのだ。

職人を欲《ほっ》したのは、草原の王だけではなかったということだ。

リカッロはハンスの反応を確認する。

ダナンで起こったカルシュフォンの一件を、このハンスはどこまで知っているのだろうかと。

ハンスがフォフォフォと笑う。

「別の私から、アルファルドまで連絡《れんらく》が届きますので、カルシュフォンの一件はある程度理解しておりますぞ」

「すでにご承知でしたか」

「ええ、便り所はちゃんと機能しています。それでも、アルファルドまで向かわねば、連絡はできませんから、不便ですな」

ハンスが肩を竦《すく》めた。

「事は、色々と絡《から》み合《あ》い厄介《やっかい》な状況です」

ハンスが大きく息を吐《は》いて口を開く。

「瓶だけを作っているわけではないのです。軟禁しているのは、ガラス瓶職人だけではありません。空瓶《あきびん》では売り物になりませんから」

ハンスが険しい瞳《ひとみ》で言った。

リカッロは、ハンスの言葉の先に思い当たりギョッとする。

「まさか、中身も作っているのか⁉」

ハンスが静かに頷《うなず》いた。

「この森に、腐り沼がある？」

『紫色の小瓶』を作るのは、腐り沼の泥《どろ》を沸騰《ふっとう》ろ過させなければいけないからだ。

「腐り沼があるかないか、ではなく……森を焼き、腐り沼を発生させております。ここが、この森が最初の地のようです」

リカッロは再び天を仰いだ。

「この森が……」

その先は、両親の手帳へと繋がる。

「そうか……カルシュフォンが」

リカッロは目を閉じて、懐を押さえながら呟いた。

ゆっくりと目を開き、森を眺《なが》める。

「遠く離《はな》れた国の村で肌を変色させる疫病は始まったと、伝達されている」

リカッロは両親の手帳の写しを懐から取り出した。

「この記述は、たぶん……最初の発生地の村、カルシュフォンの森になるようだ。最初の村が、明確に明かされてこなかったのは、『紫色の小瓶』を財としていたからか」

最初に謎《なぞ》の疫病が発生した地の明確な記録は残されておらず、どの国も、どこかの国の村が最初の発生だと伝達されているだけだ。

最初に発生した国は、他国から敬遠されることを苦慮《くりょ》し、事実を隠したのだろう。

いや、隠した理由は敬遠されることからではない。『紫色の小瓶』、それが最大の理由なのだ。

「大金に化ける『紫色の小瓶』を精製する際には犠牲《ぎせい》を伴《ともな》います。その作業を……」

ハンスが続きを言わなくとも、リカッロは理解した。

その作業をミタンニの民がさせられているのだと。

「作業を何度も行うと……どうなる？」

作業の度に疾病を患《わずら》うのかをリカッロは確認したのだ。

ハンスが悲痛な表情になる。

「高熱や痒《かゆ》みなどの症状《しょうじょう》はなく……唯一《ゆいいつ》の症状は、変色が濃《こ》くなることだそうです」

免疫《めんえき》がつき発症《はっしょう》はしないが、沸騰ろ過の際に発生する臭気《しゅうき》が肌に影響《えいきょう》を及《およ》ぼすようだ。

リカッロは、アルファルドの肌研究所を思い出す。

多くの者が、美容品を求めて集まっていた。

「俺の作った美容品を、両親はアルファルドの肌研究所に提供していた。最初の発生地で配らないわけがない」

リカッロは、両親の手帳に再度目を落とす。

両親の手帳の文言は、最初の発生地の村、カルシュフォンの森、村に配布、効果確認中と繋がるようだ。

「はい。アルファルドで提供する前に、カルシュフォンの従属村でもタダで配りましたが……カルシュフォンの者に全て押収《おうしゅう》されたのです」

「効果があったから？」

ハンスが頷く。

「元々、カルシュフォンの者で『紫色の小瓶』を密《ひそ》かに作っていたのでしょうから、変色に効果がある美容品ならば、欲するのは当たり前です。その喉《のど》から手が出るほど欲する美容品は、カルシュフォンでもアルファルドでも一度しか提供されていないのです。そうなると」

ハンスが止めた言葉の先に、リカッロは思わずため息をついた。

「在庫が切れたわけだ」

納品して四、五年よく持ったものだ。軟膏《なんこう》でなければすでに使用期限が切れていよう。

ここまでくれば、なぜ疫病を発生させようとしているのかの理由を推察できる。

「薬師夫婦《ふうふ》をおびき寄せるために、カルシュフォンはアルファルドの森を焼こうとしているのです。そこで『紫色の小瓶』を精製するつもりなのでしょう。臭気を漂《ただよ》わせるために」

リカッロは目を閉じて両親の姿を思《おも》い浮《う》かべる。後は任せたぞ、そんな声が聞こえたような気がした。

「疫病を発生させれば、肌が変色する症状の者が溢《あふ》れる。それを治す品を売りに、薬師夫婦はやってくるはずだ。そう、カルシュフォンは考えているのです」

「しかし、疫病を発生させる前に、俺がやってきた。アルファルドでの納品情報はすぐに知《し》れ渡《わた》る。研究所を見張っていたのは……追ってきた連中は、カルシュフォンの者かもしれない。つまり、それが俺を匿《かくま》う理由か」

「アルファルドとて、王妃《おうひ》様やガロン様同様、リカッロ様を欲することになりましょう。あの肌研究所は、かなり前から見張りが続いていたようです」

ハンスがあえてゲーテ公爵の一団にリカッロを戻さなかった理由だ。

見張っていた者と追ってきた者は別々かもしれないのだ。

肌研究所の女性も言っていたように、肌トラブルの研究をしている者は少ない。命に関わるものではないことと、研究成果が出づらく赤字研究が実態だからだ。

しかし、毛生え薬のように、喉から手が出るほど欲する者も多く、効果のある薬や商品は高値がつく。

それを狙う者もいる。

「あの肌研究所を見張っていたのは、アルファルドやカルシュフォンだけではありません」

リカッロは無意識に身震《みぶる》いした。

意気揚々《いきようよう》と納品していた外に、リカッロを獲物《えもの》として狙う獣《けもの》のような目があったのだから。状況は違えど、カロディアの魔獣《まじゅう》の森のような感覚になる。

「ご両親のようなことを、起こすわけにはいきませんでした」

リカッロの両親は、追われて命を落とした。確かに、今のリカッロの状況は似ているかもしれない。

リカッロは、アルファルドでのハンスの言葉を思い出す。

「宿命と贖罪か」

リカッロは大きく息を吐き出した。

「遠くカルシュフォンやアルファルドまで足を伸ばしたご両親が、ゲーテ公爵家やベルボルトのソフィア貴人の屋敷《やしき》に寄って帰領する際に……知らせを受けたあの者らが追ったのです」

両親は、肌を変色させる疫病の最初の村を見つけ出した。手帳の記載《きさい》が物語っている。

そして、リカッロの美容品を配っていた事実も。

「ダナンから遠く離れたカルシュフォンで、あの疫病がまた顔を出しました。私もあの者らも、宿命なのだと感じました」

「あの者らは……」

裏口から出た時に、小路ですれ違った年配の者ら、そして、口を塞《ふさ》ぎ寺院まで案内した年配の者ら、それはリカッロの両親を追った者たちだということだ。

「元近衛、ダナンの騎士」

リカッロは『何者か？』の答えに辿《たど》り着《つ》いた。

カルシュフォン国城内は慌《あわ》ただしかった。

アルファルドの肌研究所を監視《かんし》していた者から、美容品の納品が確認できたと急ぎの知らせが入ったのだ。

さらに、納品者は薬師夫婦でなく、牛車に乗った大柄《おおがら》な男と子どもだという。

なんとしても捕《と》らえよと命じたのだが、すぐに見失ったと返され、カルシュフォン王は激怒《げきど》した。

だが、欲していた商品のセットが届き、カルシュフォン王の機嫌《きげん》は幾分《いくぶん》か戻った。

「これをもっと手に入れなければならぬ！」

強い思いは、臣下らも同じだ。

「今回も前回の薬師夫婦同様に、納品後に姿を消しています。またいつ戻ってくるかわかりません」

臣下が、シミ消しクリームを塗《ぬ》り込んでいるカルシュフォン王に訴《うった》える。

「消えたその者らを、引き戻さねばならぬ！」

カルシュフォン王はギラギラした瞳で発した。

希望の芽がそこにある状況だ。獲物を狙うような目をしている。

「いえ、もしやアルファルドの連中がかっ攫っている可能性もありましょう」

「ああ、そうだ。あいつらは、無能なくせに成果のあるものを欲する。ダナンに媚《こ》びへつらい、予防鍋《なべ》の情報をいち早く手に入れた。聞いて呆《あき》れるわ！　医術国などのたまいおって」

そこへ、ダナンへの返答のためアルファルドに行っていた使者が戻ってくる。

顔色がなんとも青白い。

カルシュフォン王は使者からダナン交渉《こうしょう》役の返答を聞いた。

「……ダナンといい、アルファルドといい、目に物見せてやる！」

臣下らがカルシュフォン王と同じくギラギラした瞳で視線を交わした。

「綿毛の多量飛来が観測されました。二週間後を目処《めど》に、アルファルドの森を焼きましょう。ミタンニの民を向かわせます」


マクロンとフェリアは会議の翌日には出発し、一週間弱でアルファルド国境を跨《また》いだ。

アルファルドの国境に表だった関所はない。医術国として、門戸を開いているためだ。

通行税はかからないが、その代わり紹介料《しょうかい》なるものが存在する。アルファルドに向かう目的は、大概《たいがい》にして医術関係になる。医術者の紹介に金がかかる仕組みだ。

とはいえ、他国の王と王妃が国境を跨ぐ知らせを出さぬことはなく、出発前日には早馬を出した。ゲーテ公爵一団を挟《はさ》み、アルファルド王に伝わる算段だ。

どこかは判明していないが、アルファルドの森が焼かれる可能性を伝えなければいけない。アルファルド王は、きっと森の警戒を指示することだろう。

一行は、早馬騎士には劣《おと》るものの、短期間でアルファルド入りを果たしていた。ここから一両日でアルファルド王都になるが、行き先はそこではない。

焼かれるだろうアルファルドの森――カルシュフォンが狙う森に向かわねばならないのだ。

マクロンとフェリアは、国境付近の森へと向かった。

「どの森かがわかればいいのですが」

フェリアは馬上からマクロンに言った。

隣《となり》を併走《へいそう》するマクロンがチラリと背後を見る。

「リュック王子は、まだだな」

リュック王子も連行しているのだが、単騎《たんき》にさせるわけにはいかず、王妃近衛の数名が周囲を囲みながら移動しているため、遅《おく》れを取っているのだ。

「まあ、先に野営の準備をしておくとするか」

今回の随行者《ずいこう》は、近衛と王妃近衛、そしてお側騎士《そばきし》と女性騎士だ。

マクロンの発言で、素早《すばや》くレンネル領の女性騎士らが駆《か》けていった。

フェリアは満足げに見送る。

「あの者らは、レンネルの森で偵察《ていさつ》をしていたのだったな」

「ええ、ですからとても機動力があります。そして、今回は森を探すことになりますから、きっと力になりますわ」

マクロンも満足げだ。

その時、風が頬《ほお》をかすめ、ふわふわと綿毛が空に現れた。

「これは？」

フェリアは、綿毛を掬《すく》うように手を広げるが、留まることなく、ふわふわと飛んでいく。

「もしかして、多毛草《たもうそう》の綿毛？」

フェリアは小首を傾《かし》げて、マクロンに問う。

マクロンは空を眺める。

「この程度の飛来では見応えがないな」

馬の足を止めて、マクロンとフェリアは空を見上げた。

「そういえば、妃選びの前だったな」

マクロンの呟きは続く。

「フェリアが召《め》される前に、ダナン王都では『綿毛の日』があったのだ」

「今年の観測はそろそろとのことでしたね」

「ああ、綿毛の観測は毎年まちまちだから、予測が難しい。少量の飛来からだいたい三カ月後あたりが見応えになる。今年は一緒に見られるといいが」

マクロンは前方に視線を移した。

そこに、砂煙《すなけむり》を確認した。

近衛がマクロンとフェリアの前に出る。

「誰《だれ》かお出ましのようだな」

マクロンは剣《けん》に手を置いた。

フェリアもスカートの裾《すそ》に手をかけ、いつでも鞭《むち》を取り出せる準備をする。

「王妃様！」

先頭はレンネル領の女性騎士だ。

その後ろに新たな馬が一頭。

マクロンは目を細める。

「追われているわけではなさそうです」

近衛隊長が言った。

「あれは……子ども？」

フェリアは目を見開く。

二人乗りの馬には見知った顔があった。

「ゼグ！」

「王妃様！」

ゼグが笑顔《えがお》で手を振っている。

「無事だったか」

マクロンはホッと息を漏《も》らした。

そして、ゼグと一緒に馬に乗っている初老の男を見る。

「……なるほど」

三頭の馬が近くまで来ると、まず、レンネル領の女性騎士らが馬を下りて片膝をつく。

そして、ゼグが勢いよく馬から飛び下り、フェリアの前に立った。続けて、初老の男もマクロンの前に並ぶ。

「王様、お久しぶりにございます」

初老の男がマクロンに膝を折った。

「王妃様、兄貴は無事ですから！」

ゼグも同じくフェリアの前で膝を折った。

フェリアは馬から下りて、ゼグを抱き締める。

「良かった。心配したわ」

「へへ」

ゼグが鼻を擦《こす》った。

「久しいな。……ハンスと一緒か？」

マクロンは懐《なつ》かしげに初老の男を見つめる。

フェリアはゼグをローラに預けて、マクロンと一緒に初老の男と対面する。

「ハンス様は、カルシュフォンにリカッロ様と向かわれました」

リカッロの無事にフェリアがホッとしている。

「フェリア、元近衛隊長だ」

マクロンはフェリアに男を紹介した。

フェリアはハッとして元近衛隊長を見る。

雷雨《らいう》の中、両親を追ったのは元近衛隊長なのだ。ハンス同様に、先王の忠実なる臣下である。

元近衛隊長は、フェリアの前で両膝《りょうひざ》をつき頭を深く垂れた。

「王妃様、どうぞこの首を」

「何も乞うな」

マクロンは元近衛隊長の言葉を止めた。

何を口にするのかわかったからだ。悲痛な顔つきがそれを物語っていた。

フェリアは元近衛隊長に『面を上げよ』と命じる。

「懺悔《ざんげ》や謝罪は聞きたくないわ。自ら、憎《にく》しみの対象に名乗り出ないで」

フェリアの声は凛《りん》としていた。

この元近衛隊長も一時のマクロンと同じだろう。

「我もフェリアに諭《さと》された。憎しみを受けることで自分を楽にするなと。憎んでくれ、罵《ば》倒《とう》してくれと望めば望むほど、フェリアに、憎しみを持つ人になってくれということだ。口汚《くちぎたな》く罵倒をする人になれとな」

元近衛隊長が『ああ』と感嘆《かんたん》する。

「自分が楽になるために、相手に嫌《いや》な人になれと迫《せま》るようなものだ」

元近衛隊長の強《こわ》ばっていた体が崩《くず》れ落《お》ちるように脱力《だつりょく》した。

「私は悲しみを憎しみに変換《へんかん》して、誰かを恨《うら》んだりしない。嫌な人間には絶対にならない。あなたも、嫌な人間にならないで」

「……はっ」

元近衛隊長の体に、否、全身に力が戻る。しっかりと拳《こぶし》を握《にぎ》り、フェリアを見上げていた。

「自身の心に突《つ》き刺《さ》さった後悔《こうかい》の刃《やいば》が放たれるのは、その身がダナンの地に戻った時よ。自身で抜くことも、私に抜かせることも、誰かに抜いてもらうことも望まず、そのまま生きなさい。そうすることで、あなたは刃さえ自分自身の一部だと得られるの」

「王妃様……」

フェリアの言葉は、後悔を背負って生きよとは違う。後悔を得て生きよと言っているのだ。同じようだが、伝える言葉が違うと受ける印象も変わる。

フェリアはマクロンにも向き直る。

「王妃という責任のある立場になり、わかったことがあります。背負ったら、楽になりたくて下ろしたくなるの。でも、得たら自分の一部になる。重責は背負うものでなく、得るものだと気づいたわ」

フェリアは、集《つど》う者たちを見回した。フェリアが得た者たちだからだ。王妃という立場にならなければ、この者らを背負うことはなかっただろう。否、得られることはなかったのだ。

マクロンは大きく息を吐き出した。目を閉じ感慨《かんがい》に耽《ふけ》っている。

「この五年、玉座を背負ってきた。ダナンを背負ってきた。だが、フェリアの言葉で胸のつかえが下りた。我は……私は、ずっと得てきていたのだな」

フェリアはソッとマクロンの手を握った。

元近衛隊長が瞳を濡《ぬ》らした。

ここに集う者らも同様だ。

「痛みを感じ、自分を責めることに酔いしれたいならご勝手に。私は、両親の想いを継ぎ、繋げていくためにここに来たわ。痛みでなく、想いを得るために！」

フェリアの声が響《ひび》いた。


焚《た》き火《び》が闇夜《やみよ》を照らしている。

ゼグは、ベルに寄りかかって熟睡《じゅくすい》している。

マクロンとフェリアは、元近衛隊長の話に耳を傾《かたむ》けていた。

それは、ハンスがカルシュフォンの森でリカッロに告げた内容だ。

「……最初の発生地は、カルシュフォンの村」

推察した通りだったのだ。

フェリアは持参した両親の手帳を取り出した。

それをマクロンも元近衛隊長も険しい顔で見る。その後悔の刃を得ていかねばならない。

現実に目を背《そむ》けることなく、血がこびりついた手帳を見ている。

それを見ながら、フェリアは明らかになったことを口にする。

「……カルシュフォンは、『紫色の小瓶』を財としてきた。ミタンニの民を得て、瓶と中身を密かに作っていた。一年ほど前、疫病の原因が判明し『紫色の小瓶』の取引は途絶《とだ》える。ミタンニ復国が宣言され、通行税も減ってしまうことが懸念《けねん》された。練り香『クスリ』作りにも関わっているミタンニの民を返すこともできない。秘密を知りすぎているからだわ」

フェリアの発言に皆が頷く。皆で共通認識《にんしき》を得ているのだ。

ダナンから疫病の原因と予防策が各国に知れ渡り、『紫色の小瓶』の取引は失われたのだろう。

『紫色の小瓶』は単なる毛生え薬であり、それ自体に害はないが、所持しているということは、疫病を黙認《もくにん》していることを意味する。

毛生え薬が手に入るなら、疫病が発生しても構わないということになるからだ。

そんな品に手を出す貴族はいない。ほとぼりが冷めれば、また要望する者は出てくるだろうが、それでも今までの取引のようにはいかないだろう。

「カルシュフォンは、新たな財になる練り香『クスリ』でミタンニを餌食《えじき》にしようとした。そのカルシュフォンは、まだ何かを企んでいる」

フェリアは、元近衛隊長に『そろそろ焼く』の文言を見せる。

「これは、カルシュフォンからの文だと思われるの」

元近衛隊長は文言を見て、フゥと息を吐き出した後、ゆっくりと口を開く。

「事は、少々厄介に絡み合っています。我々は、従属村のミタンニの民から情報を得ました。『次の行き先はアルファルドの森なのだ』と」

やっと、リュック王子が叫んだアルファルドの森が出てきた。

「正確に言えば、次に腐り沼が発生できるのは、アルファルドの森になる。綿毛の観測があったからだと」

マクロンとフェリアのみならず、皆、『え?』と声に出た。

元近衛隊長が焚き火を見ながら続ける。

「腐り沼が発生する条件があるのです。その条件を知っているからこそ、カルシュフォンは『紫色の小瓶』を作ることができたのです」

パチンと焚き火が爆《は》ぜた。

「森を焼けば、常に腐り沼が発生するわけではないことはご承知かと?」

元近衛隊長が言った。

「腐り沼ができる条件があるなんて」

フェリアは呟いた。

風が舞《ま》い、綿毛がふわふわと漂う。

元近衛隊長は、それを揶った。

「これが、腐り沼になる素です。この綿毛が、森に多量飛来すると、火災後に腐り沼が発生するそうなのです。そして、沸騰ろ過の際に漂う臭気が疫病を発症させるのです」

もちろん、火災が起きなければ問題はない。さらに言えば、その沼の泥を沸騰ろ過して、臭気を漂わさねば疫病は起こらないのだ。

「そうか……ダナンの腐り沼も、確かに綿毛の多量飛来後だった」

妃選びの少し前に、王都で観測されている。

「多量飛来……時期があるのですね。『そろそろ』焼く時期にある森が」

「はい。カルシュフォンは、各国の森を観測記録しています。腐り沼は永遠ではありません。一、二年も経《た》てば元の沼になります」

つまり、カルシュフォンは自国の森のみならず、他国で『紫色の小瓶』を作るために森を焼いていたのだ。

疫病が蔓延《まんえん》した9番目の元妃の国にも、足を運んでいたのだろう。

「だけど、『紫色の小瓶』を作っても、今は取引ができないのではなくて？」

フェリアの問いは、マクロンも思うところだ。

「なぜ、森を焼く？　アルファルドの森を」

「それこそ、厄介に絡み合った事があるからです」

元近衛隊長が、フェリアの持つ両親の手帳を見る。

「効果です」

「……美容品？」

「はい。王妃様のご両親が納品した美容品は、変色を薄《うす》めるのに効果がありました。それは、カルシュフォンのみならず、変色を患う者が喉から手が出るほど欲する品なのです」

フェリアは、両親の文字をなぞる。

「まさか……カルシュフォンはアルファルドの森を焼き、疫病を流行《はや》らせ、両親の来訪を待ち構えるために？」

信じられないとばかりの口ぶりのフェリアに、元近衛隊長が頷いた。

「今まで口にしたことは、ミタンニの民から密かに得た内容です。その判明したことをダナンに知らせようとアルファルドの便り所に向かいましたところ、ちょうど、ゲーテ公爵一団が到着したのです。そして、時を同じくして、リカッロ様が美容品を納品しました」

ハンスと元近衛らは、厄介に絡み合う出来事に、対応を迫られたのだ。

ハンスはペレとの連絡もままならなかったのだろう。ダナン国内ならいざ知らず、アルファルドでの連絡のやり取りは難しいものだ。

それこそ、伝鳥でもいなければ。

「アルファルドもカルシュフォンも……それ以外でも、リカッロ兄さんは狙われる対象になってしまった。だから、あなた方が匿ったのね」

「はっ。大柄な青年の男と子どもの二人組として、情報が出回っていますから、別々に離しました。元より、リカッロ様はカルシュフォンに向かうことを熱望されました」

それが、リカッロが今回ゲーテ公爵一団に随行した目的であるからだ。

さらに、両親が手帳に残した疫病の最初の村に向かうことは、リカッロに課された使命だろう。

「ハンス様とリカッロ様は、カルシュフォンの従属村で軟禁されているミタンニの民に会うために向かわれました。私はハンス様から国境での待機を指示されました」

元近衛隊長が、姿勢を正してマクロンとフェリアに頭を下げる。

「リカッロ様の行方知れずに、お二人がダナンで傍観《ぼうかん》することはないだろうと。王妃様なら、単騎でも乗り込んでこられるはずだと笑っておりました。セナーダを両手で数えるより少ない人数で落とした力の持ち主が、動かぬはずはないと」

マクロンがフッと笑う。

連絡手段がない状況で先を読む。ハンスにしかできない芸当だろう。否、通じ合える心を持っているからこその判断だ。

「だから、待っていたのか」

「はっ！　ハンス様は、ミタンニの民に扮《ふん》して、アルファルドの森に連行される者になるそうです。ハンス様からお二人にお伝えするようにと」

ハンスは、間者になるのだろう。

しかし、アルファルドのどの森なのか、まだ判明していない。

「綿毛が多量飛来している森がわかればいいのだが」

マクロンは悔《くや》しそうに闇夜を見上げた。

その時、やっと別の一行が到着する。

リュック王子を移送している者たちが、到着したのだ。

マクロンとフェリアは目配せした。

「不明なことは訊《き》けばいいのだわ」

フェリアは、周囲を忙《せわ》しなく見回すリュック王子の元に向かった。

マクロンは元近衛隊長に耳打ちする。リュック王子について話しているのだ。

手足を拘束《こうそく》されているリュック王子がフェリアに気づき、睨《にら》んでくる。

「そろそろ……焼く？」

フェリアは綿毛を揶い、フッと息を吹《ふ》きかけた。

リュック王子の瞳が一瞬《いっしゅん》揺れたのを、フェリアは見逃《みのが》さない。

「綿毛が多量飛来した『そろそろ焼く』アルファルドの森に、あなたを連れていって……

放置したらいいかしら？」

リュック王子の目が見開かれる。

「もう売れもしない『紫色の小瓶』を作る目的ではないのも、わかっている」

マクロンもフェリアの横に立った。

リュック王子はあまりの驚きに目がさ迷い出す。口にしていない『紫色の小瓶』や綿毛のことをフェリアらが言ったからだ。

「王妃様」

背後でローラが呼んだ。

フェリアは振り返る。

ヒュンヒュンヒュンと飛んできた物を、フェリアは続け様にキャッチした。

「これが欲《ほ》しくて、森を焼くなんてね」

フェリアは、ローラから受け取った美容品をリュック王子に見せる。

リカッロの軟膏類は、魔獣と戦いを繰り広げるカロディアの者には常備品だ。美容品に改良した物は、特に女性には人気なのだ。傷跡《きずあと》を薄くする効果があるために。

それが、変色にも効果があったのだ。

「どうして、それを⁉」

リュック王子が思わず口を開いた。

「それに答える義理はない。お前が我らの問いに答えないのと同じだ」

マクロンがすかさず言い放った。

リュック王子が唇を噛む。

「美容品が欲しくて疫病を蔓延させるなんて、どうかしているわ。そうまでして、これを欲するのはなぜなのかしらね？」

フェリアはリュック王子と視線を合わせるようにしゃがむ。

「従属村でミタンニの民に『紫色の小瓶』と練り香『クスリ』を作らせていたのでしょう？」

リュック王子が肩で息をし始める。

「変色を患うミタンニの民のために、これが必要？」

フェリアは視線を逸《そ》らすことなく、リュック王子に問う。

「いや、カルシュフォンの者のためだ。『紫色の小瓶』を財としてきたなら、肌が変色したカルシュフォンの者がいるはず。ミタンニの民を得る前は、カルシュフォンの者が『紫色の小瓶』作りを担《にな》ってきたはずだ。その者は、後遺症《こういしょう》がわかっても財を手放せなかったのだろう」

マクロンもしゃがみながら言った。

二人の瞳が、リュック王子を凝視《ぎょうし》する。

「変色を治したいカルシュフォンの者は誰だろうな」

リュック王子が二人の視線に、たまらずつと視線を逸らした。

「……なるほど。王子でさえ口を噤む存在なわけだ」

マクロンが言った。

口は真一文字のままだが、リュック王子の瞳に動揺が見られる。

マクロンもフェリアも明確には口にしなかった。

その代わりに、別の物がリュック王子の前に出された。

ピッピッピン
鳥かごから軽《かろ》やかなさえずりが聞こえる。

「この伝鳥は、お前が言わぬ答えを知っているだろうな。さて、なんと書こうか」

マクロンが細長い紙を用意した。

その横に元近衛隊長が侍る。

「フェリアなら、どんな文言にする?」

マクロンの問いに、フェリアはリュック王子を見ながら口を開く。

「おびき寄せたい薬師夫婦が、誰なのか知っていて?」

フェリアは微笑《びしょう》した。

「今は亡《な》き、私の両親よ。森を焼いても現れることはないわ」

リュック王子が『え?』と声を漏らした。

フェリアはマクロンから紙を受け取ると、一筆したためる。

『王子を連行した。アルファルドの森にて待つ』

その文言を、リュック王子に見せる。

「森を焼いても私の両親は現れない。本望《ほんもう》が叶うことがないのに、森を焼き疫病を流行らせることになるの。すでに、私たちがその真相に辿り着いているのにね。つまり、カルシュフォンの悪行は白日の下《もと》にさらされるわ」

リュック王子は、リカッロの納品を知らない。森を焼いても何も得られはしないと思わせたのだ。

「カルシュフォンは、崩壊《ほうかい》への階段を転げ落ちることになる」

リュック王子の表情は忙しない。頭を回転させて色々と考えているのだ。

「よく、考えて？　ミタンニは復国し、カルシュフォンが亡国となる未来を想像してね」

フェリアはそこでリュック王子に時間を与えた。

「……俺が簡単に口を割ると？」

リュック王子が苦悶するように口を開いた。

「割らない口は必要ない。カルシュフォンの要望通り、『首』になるだけだ」

マクロンは剣に手をかけた。

「また、脅《おど》しだろ？」

リュック王子が動揺しながらも、鼻で笑う。

「万人《ばんにん》にも及ぶだろう疫病の蔓延と、たった一人の首と、天秤《てんびん》にかける判断を見誤ると？」

マクロンの剣より先に、元近衛隊長の剣が引き抜かれる。

「俺が単なる『首』になれば、それこそ焼かれる森はわからない！」

リュック王子が叫んだ。

ヒュン

風を切る音がし、リュック王子の首筋を元近衛隊長の剣がよぎった。

「え？」

息を漏らすような驚きが、リュック王子から出た。

「年は取りたくないものです。本当は首の際を斬《き》るつもりでした」

元近衛隊長が、肩を落とした。

「でも、この文をこうして」

フェリアは、固まって動けないリュック王子の首に文を少し押しあてた。

「ほら、血がついたわ」

リュック王子の顔が青褪《あおざ》めていく。

「た、た、助けてくれ！　頼《たの》む、止血を！　早く治療《ちりょう》を！」

ガタガタと歯音をさせて、リュック王子が言った。

マクロンもフェリアも、リュック王子を一瞥しただけだ。

「放っておきましょう。そのうち静かな『首』となりましょう」

元近衛隊長が呆れたように言った。

リュック王子には、自身の首元は見えないだろう。ただ、剣が首筋を通った風を感じたはずだ。鋭利《えいり》な疾風《しっぷう》を。

フェリアも首筋にスースーする軟膏を塗っておいた。文を首元にあてる時に。

リュック王子はその感覚を流血と勘違《かんちが》いしている。

「た、頼む！　王都の、西だぁ……王族の温室が近くに、ある。首を、早く、止血してくれ！」

「ああ！　王族の温室ね」

マクロンとフェリアは頷き合う。

アルファルドの王族の温室といえば、『秘花』を栽培《さいばい》している温室のことだろう。

フェリアは、リュック王子にニッと笑った。

「紅花の搾《しぼ》り汁《じる》が、文についちゃったみたい。マクロン様、書き直しましょう」

リユック王子がキョトンとしている。

「ふへぇ？」

なんとも間抜《まぬ》けな言葉を漏らした。

「血が出ていないのに、止血は必要ないわよ」

リユック王子が、安堵《あんど》の表情を見せた。しかし、次第《しだい》に真っ赤に上気していく。

「また、騙《だま》しやがったなぁぁぁ！」

「じゃあ、騙されず『首』の方が良かったの？」

フェリアは冷めた瞳でリユック王子に問う。

リユック王子の声は、ピタッと止まる。

「お前の『首』はまだ繋がっている。しかし」

マクロンが、ゲーテ公爵からの文をリユック王子に見せる。

「カルシュフォンの返答は、お前の『首』なのだ。ダナンは、どこに『首』をさらすのかと返した。どういう意味かわかるな？」

リユック王子がパクパクと口を開ける。

「時間がないわ、マクロン様。私たちも『そろそろ』ご挨拶《あいさつ》に伺《うかが》いませんこと？」

フェリアは静まったリユック王子を傍目《はため》に、挑戦《ちょうせん》的な瞳をマクロンに向ける。

こんな表情のフェリアを、何度もマクロンは見てきた。その思考と同じことを、マクロンも考えていた。

「森に行きましょう。『焼く』のはパンで、準備ができたら伝鳥でご招待を出すのです。森に炎《ほのお》が立てば、きっと来ていただけるでしょ？　『そろそろ焼く』予定にない森に炎が上がれば」

フェリアは、両親の手帳を掲《かか》げた。

フェリアが行きたい森は、手帳に記されている。

「フェリアじゃなければ、こんな考えに至ることもない。まあ、しかし、うん」

マクロンもニッと笑い返す。

近衛や王妃近衛、お側騎士、女性騎士らが頭を抱えた。

二人の会話の意図がわからないのか、元近衛隊長は訝《いぶか》しげに眺めている。

フェリアはとびっきりの笑顔で皆を見回した。

「さあ、カルシュフォンへお礼参りに乗り込みましょう！」

元近衛隊長が呆気《あっけ》に取《と》られる中、皆がやっぱりなと頭を抱えながら苦笑《くしょう》していたのだった。

7 ◆◆◆◆ 呪いは解かれるもの

夕刻の空を、カルシュフォン王は眺《なが》めている。

今頃《いまごろ》、アルファルドの森に火が上がっていることだろうと。

「……交渉《こうしょう》は頓挫《とんざ》することになる」

ダナンとの交渉のことだ。交渉場であるアルファルドに疫病《えきびょう》が流行《はや》れば、交渉はできない。

交渉が頓挫すれば、リュック王子を助けることにもなる。

いくら、『首』を差し出すと返答しているとはいえ、交渉が終わらねば処遇《しょぐう》が決定することはないからだ。

「ダナンが引いて、どちらかの二人組がやってくる」

カルシュフォン王は頰《ほお》を緩《ゆる》めた。

薬師夫婦《ふうふ》でも、大柄《おおがら》な男と子どもの二人組、どちらでも構わない。美容品を持参するならば。

「王様、失礼致《いた》します」

臣下が、戸惑《とまど》いの表情で入ってくる。

「どうしたのだ？」

「それが……」

臣下が振《ふ》り返《かえ》り、役人を中に促《うなが》した。

ピッピッピン
軽《かろ》やかなさえずりの存在に、カルシュフォン王は驚《おどろ》く。

「届け先がなくなった伝鳥は、迷い鳥になり野性にかえるのではなかったか⁉」

リュック王子とピネルに伝鳥を献上《けんじょう》された時に、そう耳にしていたのだ。

だから、『そろそろ焼く』と送った伝鳥は、捕《と》らえられたリュック王子を見つけられず、野性にかえったと思っていた。

通常なら、そうなっていたことだろう。

カルシュフォンが不運だったのは、王都に『優秀《ゆうしゅう》な鳥使い』キャロラインがいたことだ。

悪意のない者に、動物は懐《なつ》きやすい。キャロラインは、悪意なき悪魔《あくま》と言わしめた人物である。

「この伝鳥の送り主はリュック王子ではないでしょう」

臣下が神妙《しんみょう》な面持《おもも》ちで言った。

「では……」

カルシュフォン王は少し震《ふる》える手で、伝鳥の足下《あしもと》の管から文を取り出した。

『そろそろパンを焼く』

カルシュフォン王は首を傾《かし》げ、臣下に文を渡《わた》す。

臣下は、文の文言を見つめ思案している。

「……ダナンに伝鳥が渡ったのではと危惧《きぐ》しましたが、どうやら、無垢《むく》な子どもにでも飛来したのでしょう。面白《おもしろ》がって返事をしたような文ですな」

カルシュフォン王と臣下は、顔を見合いクッと笑った。

「まあ、ダナンに渡っていたとしても『そろそろ焼く』の意味はわかるまい。それに、我が名は伏《ふ》せている。どこから誰《だれ》が飛ばした伝鳥かを知るよしもないはずだ」

カルシュフォン王は伝鳥と少しばかり戯《たわむ》れた。

「それは、どうしますか？」

臣下が伝鳥をどうするのかと問う。

「もう、自由にさせてやろう」

カルシュフォン王は、伝鳥を窓から放った。

夕刻の空は、ほんの少しの間で夜に侵食《しんしょく》され始めていた。

「王様、大変です！」

役人が慌《あわ》てて入ってくる。

王間には、カルシュフォン王と臣下が、練り香『クスリ』に関しての談義をしていた。

これから、カルシュフォンに財をもたらす物をどう売り込むのかを。

「なんだ、騒《さわ》がしい」

カルシュフォン王は眉間《みけん》にしわを寄せて、役人を一睨《にら》みする。

役人はすくみ上がり身を縮ませた。

「早く、報告をしなさい」

臣下がソッと役人に促した。

「あ、あの、森が燃えています！」

「アルファルドの森を焼くことは知っておろうに」

臣下が呆《あき》れたように言ったが、その報告が今あるのはおかしいと気づきハッとする。

アルファルドの森の火災報告が、当日に届くはずはないのだ。

「どこだ!?」

カルシュフォン王も臣下と同じように気づいたのか、声を荒《あら》げた。

「従属村が！　ミタンニの職人を軟禁《なんきん》している村の森が！」

カルシュフォン王も臣下らも素早《すばや》く立ち上がり、窓辺に走る。

闇夜《やみよ》を照らす炎《ほのお》が見えた。

「さっさと鎮火《ちんか》させろ！」

怒号《どごう》が飛ぶ。

そこで、カルシュフォン王はハッと気づく。

「ミタンニの職人は逃《に》げていないな？」

「わかりません。煙《けむり》が酷《ひど》く近寄れないのです」

「なんだと!?」

カルシュフォン王は炎を凝視《ぎょうし》する。

目に映るのは、一箇所《かしょ》だけの炎だ。煙が酷くても近寄れないほどではないだろう。

「燃え広がる前に、さっさと向かえ！」

「あ、はい……」

役人がモゴモゴと口を動かす。

「なんだ？」

「あの、……皆《みな》、あの、えっと、気乗りしないと言いますか。あそこは……」

役人が小さな声で拙《つたな》く紡《つむ》いだ。

カルシュフォン王は、ギロリと役人を睨む。

役人が体を震わせながら、後退《あとずさ》っていく。

「怖《こわ》がって、誰も行きたがらないのでしょう」

臣下が言った。

従属村に足を向けるのは、限られた者のみ。

カルシュフォン王が命じても、この有様《ありさま》である。

「我々しか、あの森には近づきません」

臣下の言葉に、カルシュフォン王は胸の苦しさから目を背《そむ》けるように、怒《いか》りを身に宿す。

手に負えない感情を、何かにぶつけるように。

「いいだろう、背負ってやる。行くぞ」

憤怒《ふんぬ》を宿したカルシュフォン王は、臣下らと共に森へと向かうのだった。

カルシュフォン王には十名の臣下、否、仲間がいる。変色を身に宿した仲間だ。

今は、アルファルドにミタンニの民《たみ》と一緒《いっしょ》に向かわせた三名を除き、七名がカルシュフォン王に侍《はべ》り、森を進んでいる。

「……最初の火災から久しいな」

カルシュフォン王は呟《つぶや》いた。

「はい。あの森林火災がカルシュフォンを繁栄《はんえい》させました。我々の身を犠牲《ぎせい》にして」

臣下の声には、様々な想《おも》いが入り混じる。

「夜空を彷彿《ほうふつ》とさせる毒々しい腐《くさ》り沼《ぬま》を一掃《いっそう》しようと、泥《どろ》にはまりましたな」

臣下が懐かしい昔を思い出しながら口にした。

「なんとか、貧しいカルシュフォンを支えようと皆で奮闘《ふんとう》していた時だ」

カルシュフォン王も目を細めて、懐かしげに森を眺める。

「……その泥にはまった後に、体毛が濃《こ》くなったのを我が発見した」

それこそが始まりなのだ。

「ええ、泥の濃度《のうど》を高めれば毛生え薬になると考え、皆で沸騰《ふっとう》ろ過しましたな」

国を思う気持ちから始まったことなのだ。

「まさか、その臭気《しゅうき》が」

カルシュフォン王は言《い》い淀《よど》んで、袖《そで》をまくり自身の変色を見る。

「我々の体に染《し》み込んでいます」

臣下らもカルシュフォン王と同じく自身の肌《はだ》を見ながら撫《な》でている。

「そうだな……何度も、何度も精製したな。ミタンニの民を得るまでずっと」

カルシュフォンの民には背負わせなかった。

「王様、炎が見えました」

臣下が言った。

カルシュフォン王は、袖を元に戻し顔《もど》を上げる。

「行くぞ」

カルシュフォン王と臣下らは足早に進み出した。

炎に気を取られ、木の上に身を潜《ひそ》めるレンネル領の女性騎士《きし》には気づいていなかった。


「ちょうど良《よ》いタイミングですわ!」

フェリアは、フードを目深《まぶか》に被《かぶ》ったマントの一行に軽やかに告げる。

その一行が怪《あや》しげなのは、明らかだ。

全身をほぼ真っ黒な衣装《いしょう》で包んでいる。顔全体を隠《かく》すようなフード、首元に留まらず口元まで覆《おお》うような襟《えり》、手さえ手袋《てぶくろ》により肌をいっさい出していない。

「パンが焼き上がりましたわ」

フェリアは、怪しげな出《い》で立《た》ちも気にせずに、フライパンで焼き上がったパンを木の台に並べた。

「お、お前らは一体……」

森を少々切り開き、フェリアらはそこで野営をしていたのだ。

ここに今居るのは、フェリアとお側騎士《そばきし》四名、ローラとベルである。マクロンと近衛《このえ》、王妃《おうひ》近衛は従属村のミタンニの民を、カルシュフォンから解放するために二手にわかれている。

フェリアらは七名。対してフードの一行は先頭の重厚《じゅうこう》なマントを羽織る男を含《ふく》めて八名だ。

マントの男らが戸惑っている姿にフェリアは小首を傾げた。

「あら？　伝鳥でお知らせを出したのだけど」

マントの男らがざわめく。

「キャンプファイヤーは、王城から良く映《は》えましたか？」

フェリアはフフッと笑った。

「何者だ、名を名乗れ‼」

重厚なマントの男が叫《さけ》んだ。

「ダナン国王妃フェリアですわ」

「ダナン王妃だと？」

重厚なマントを誰よりも深く被った先頭の男が鼻で笑う。信じてはいないのだろう。

「ゾッド、持ってきて」

ゾッドが鳥かごをフェリアに渡した。

「それはっ」

重厚なマントの男が言葉を止めた。

フェリアは、鳥かごから伝鳥を出し足下の管に文を仕込《しこ》む。

「お行き」

ピッピッピン

先頭のマントの男の元へと伝鳥は飛んでき、肩《かた》に留まった。

「文をご確認《かくにん》ください」

フェリアは言った。

重厚なマントの男が、ゆっくりと伝鳥の足下の管から文を取り出した。

『お初にお目にかかります、カルシュフォン王よ』

「お初にお目にかかります、カルシュフォン王よ」

フェリアの声と、文を読む早さは同じであっただろう。

「再度、名乗らせていただきます。ダナン国王妃フェリアですわ」

「冗談《じょうだん》が上手《うま》いな」

軽口で小馬鹿にしたように返答しながらも、重厚なマントの男はカルシュフォン王であることを否定しなかった。

「ダナンからここまで馬車なら確実に二カ月はかかろう。婚姻式後《こんいんしき》に出発しても、ダナン王妃がここまで来ることは不可能だ。騙《かた》るなら、もっと現実的な名を言え、小娘《こむすめ》。フンッ、こいつが金になるとでも思ったか？」

一般的《いっぱん》令嬢《れいじょう》を引き連れるなら、確かにそれぐらいはかかるかもしれない。いや、エミリオとイザベラは、三カ月の行脚《あんぎゃ》でミタンニに入る予定をしているから、カルシュフォン王の言葉の方が現実的なのだ。

カルシュフォン王は、フェリアを小娘だと侮《あなど》っているようだ。偶然《ぐうぜん》見つけた伝鳥を届け、金をくすねようとしている小娘だと。

「そんなにゆっくりしたら、アルファルドの森が焼けちゃうじゃない。だから、こうしてやってきたの。安心して、アルファルドの森はすでに鎮圧《ちんあつ》しているはずよ」

ここに来る前に、アルファルド王に伝えてある。

元近衛らも、アルファルドと連携《れんけい》し火災を止めたことだろう。あちらには、ハンスが潜《せん》入《にゅう》しているのだ。

「っ、なぜそれを⁉」

カルシュフォン王の声に動揺《どうよう》が見られた。

フェリアは、種袋《ぶくろ》を出して手を掲《かか》げる。

ピッピッピン
伝鳥が、カルシュフォン王からフェリアへと移った。

「『そろそろ焼く』とご丁寧《ていねい》に教えてくれたのは、そちらではなくて？」

フェリアは、文をヒラヒラさせた。

「そ、それだけでわかるはずもない！」

カルシュフォン王が、これで文を書いたことを認めたようなものだ。

「ええ、もちろん。わかる者に教えてもらったわ」

ゾッドが今度はリュック王子を引き連れてきた。

「そうそう、首を渡すのに、カルシュフォンか、アルファルドか、ミタンニか、どちらを希望するのかと交渉役が返しましたのに、なしのつぶてなのだもの。だから、勝手に決めさせていただいたわ」

フェリアは森を見回して、リュック王子に笑《え》んだ。

「この森で首を渡します。ですから、どちらの選択《せんたく》かお伺《うかが》いしてもよろしくて？」

フェリアは一瞬《いっしゅん》で冷えた目になり、カルシュフォン王を鋭《するど》く射抜《いぬ》いた。

「繋《つな》がった首か、それとも切れた首か？」

生きた首か、死んだ首かを問うたのだ。

「父上、助けてください‼」

リュック王子が悲鳴のように叫んだ。

ダナンでの闘技場《とうぎじょう》のこと、アルファルド国境近くの森のことが、リュック王子に恐怖《きょうふ》を与《あた》えているのだ。

『首』の処遇はまだ決まっていないのだから。

カルシュフォン王が、フェリアの放つ圧に身震《みぶる》いする。

そして、告げられた言葉の内容からして、リュック王子と同じく背筋に冷たい何かが伝った。

「本当に……ダナンの王妃なのか？」

まだ、訝《いぶか》しげだ。ダナンが遣《つか》わせた者であるのは認識《にんしき》したが、本当にダナンの王妃がここまで行脚などできようものかとの疑いが残る。

「ええ、ダナン辺境地、天空の孤島《ことう》カロディア領出身、魔獣《まじゅう》と戦い、後宮でも勝《か》ち抜《ぬ》き、馬車は苦手だけれど、乗馬は得意なダナン王妃フェリアに間違《まちが》いないわ。アルファルドを抜けるまで馬で駆《か》けて一週間強、そこからまた一週間弱でここまで辿《たど》り着《つ》いたわ。早馬には少々劣《おと》るわね。お荷物（リュック王子）が居たから仕方ないわ。それから、伝鳥を飛ばして皆さんの来訪をお待ちしていたの、パンを焼きながらね」

フェリアはつらつらと述べた。

カルシュフォン王と臣下らは度肝《どぎも》を抜かされる。確かにその行程をこなしたなら、ここに居るのも可能だ。

「言い忘れていたわ。もう、全部わかっているわ。『紫色《むらさきいろ》の小瓶《こびん》』も練り香『クスリ』のことも」

フェリアの視線は、従属村の方を一瞥《いちべつ》した。

「っ……」

カルシュフォン王は声にならない。

そこで、カルシュフォン王の背後にいる臣下が前に出た。

カルシュフォン王を臣下七名が囲む。

「他国で好き勝手するのが、ダナンの礼儀《れいぎ》ですか？」

「ダナン王妃と知ってもなおその出で立ちのままなのね。顔を見せぬが、カルシュフォンの礼儀なの？」

フェリアは、目だけ出ている臣下に微笑《ほほえ》む。

それから、まだフードを目深に被っているカルシュフォン王にも笑んでみせた。

「……これは、正式な面会になるのですかな？」

「正式な面会をしていただけるのなら、今ここでお願いしますわ」

要するに顔を突《つ》き合わせたいとフェリアは言ったのだ。

そのフードを外せと。

「……全部、知っていると？」

臣下に囲まれたカルシュフォン王が言った。

「ここが、最初の発生地、カルシュフォンの森であること」

フェリアは森を眺めながら言った。

カルシュフォン王がヒュッと息を呑《の》む。

「この奥の従属村にミタンニの民を軟禁し、瓶も中身も作っている」

カルシュフォン王の拳《こぶし》が強く握《にぎ》られる。

「綿毛が多量飛来した森を焼いて」

カルシュフォン王の全身が、急激に冷えていく。

最後の砦《とりで》である腐り沼になる条件までわかってしまっていたからだ。

「私からも問いますわ。……薬師夫婦が私の両親だと知っていて？」

「な、んだと？」

カルシュフォン王と臣下らの戸惑いの雰囲気《ふんいき》は、目に見えてわかった。

「大柄な男は私の兄であると知っていて？」

「まさか……そんなこと……」

戸惑いから動揺へと変化する。

「アルファルドの森を焼く理由は、美容品を売る私の両親を、兄を、おびき寄せるため」

カルシュフォン王と背後の臣下らは押し黙《だま》ってしまった。

あまりの展開に頭が追いついていないのだ。

「父上！　さっさとやっつけてください！」

静けさを破るリュック王子の声に、カルシュフォン王がハッとする。

「『あれ』で、やっつけられます！」

リュック王子の発言が、新たな局面へと場を動かす。

カルシュフォン王が、一瞬にして負のオーラを纏《まと》う。

マントに手を入れて、小瓶を取り出した。

「それは！」

フェリアは、カルシュフォン王が手にする小瓶と同じ物をピネルから押収《おうしゅう》していた。

「練り香『クスリ』」

「流石《さすが》、ダナン王妃よ」

カルシュフォン王が小瓶の蓋《ふた》を開けた。

「待ちなさい！」

フェリアが叫ぶと同時に、カルシュフォン王はそれを唇《くちびる》に塗《ぬ》ってしまった。

「面前、叶《かな》えてやろう」

カルシュフォン王がゆっくりとフードを外す。

「もちろん、我ら全員と」

臣下らも、カルシュフォン王と同じく小瓶を取り出していた。

「もう、やめなさい！　その行いが何になるというのよ⁉」

フェリアの言葉が終わるや否《いな》や、マントが宙に舞《ま》った。

「ヒャ、ヒャッハッハ、ヒャーッハッハッハ」

ピネルのようにカルシュフォン王が笑い出した。目が血走る。

変色に赤い目の存在が、奇怪《きかい》な声で笑っている。

「父上！」

リュック王子が歓喜《かんき》した。

「これで、お前らもお終《しま》いだ。あの父上らに勝てるかな？」

「この場の勝ち負けで全てが片づくとでも？」

フェリアはリュック王子にではなく、カルシュフォン王に向かって言った。

「ダナン王妃が、他国にズカズカと足を踏《ふ》み入《い》れ、森を焼いて疫病の危険性を流布《るふ》。皆を怯《おび》えさせ、タロ芋《いも》の取引を広げようとした。財をなすために。なかなか良い筋書きだなぁ。ヒャッハッハ」

練り香『クスリ』で、この窮地《きゅうち》を切り抜ける思考が閃《ひらめ》いたのだろう。

確かに、フェリアはカルシュフォンの森で炎を上げている。それを逆手に取った閃きなのだ。

「ダナン王妃の兄は、民にこれさえあれば大丈夫《だいじょうぶ》だと高値で美容品を売ろうとした。ミタンニ復国のために、金が必要だからな！」

フェリアはカルシュフォン王をキッと睨む。

「アルファルドは、そうだなあ……逃げたミタンニの民を追っただけとでも言えるか。森は焼いていないのだろ？」

アルファルドの森は、きっと焼かれてはいない。リュック王子の悪事と同様に、未然に防げたことが仇《あだ》となる。どんな言い逃《のが》れもできるのだから。

だが、それらの思考は夢幻《ゆめまぼろし》である。練り香『クスリ』による幻覚《げんかく》であり幻惑《げんわく》だ。

ピネルが荷屋敷《やしき》で流暢《りゅうちょう》に語っていたサブリナとの未来の如《ごと》く。

しかし、練り香『クスリ』に嵌《は》まった者は、その夢から覚めはしない。

「さて、そろそろ決着をつけようか、ダナン王妃よ」

カルシュフォン王と臣下らが剣《けん》を引き抜いた。

「……最後の忠告よ。悪あがきはやめなさい。カルシュフォンの未来を考えて」

「ほお、では、ダナン王妃が知ったことが公《おおやけ》になったカルシュフォンに未来があるのか？」

「未来は、あるかないかではないわ！　作っていくもの、描《えが》いていくもの、奏《かな》でていくもの、想いを継《つ》いでいくものよ」

「綺麗事《きれいごと》だな」

カルシュフォン王が剣を振り上げた。

「嬢《じょう》！」

ローラが叫ぶ。

練り香『クスリ』による身体《しんたい》の限界突破《とっぱ》で、簡単にカルシュフォン王の跳躍《ちょうやく》はフェリアとの距離《きょり》を詰《つ》めていた。

しかし、フェリアもすぐに反応し、鞭《むち》を取り出して木に絡《から》めて飛躍《ひやく》した。

カルシュフォン王の剣をゾッドが受けるが力の差は明らかで、すぐに間合いを取った。

そして、八対七の対峙《たいじ》となる。練り香『クスリ』で超越《ちょうえつ》した身体の八人と、フェリアらは対峙することになった。

「ざまあみろ！　お前らに勝ち目はないぞ」

そして、耳にうるさい一名を加えると、九対七だ。

「勝ち目しかないわ」

フェリアは再度鞭を振るい、木の上へと飛び移った。

「ヒャッハッハ、それで逃げたつもりか⁉」

カルシュフォン王と臣下らが、宙に舞ったフェリアを追う。

「この程度の木なら、我らは簡単に倒《たお》せるぞ！　ヒャハッ」

フェリアのいる木を力任せに揺《ゆ》さぶり、剣で叩《たた》き始めた。

「おっとっと」

揺れる木にしがみつきながら、フェリアは俯瞰《ふかん》して状況《じょうきょう》を確認している。

フェリアに注目する間に、お側騎士もローラやベルも素早く木に登っていた。

「腰巾着《こしぎんちゃく》らは、主《あるじ》をほったらかしかよ！」

リュック王子が挑発《ちょうはつ》した。

カルシュフォン王と臣下らが、リュック王子の言葉に振り返った。

そのタイミングで、フェリアは叫んだ。

「そろそろ振り撒《ま》いて！」

突如《とつじょ》、レンネル領の女性騎士らが木々から現れ、カルシュフォンの者らに『マーブル瓶』の液体を振り撒いた。

「なっ、なんだ？　か、かゆ、痒《かゆ》い、痒い！」

カルシュフォンの者らは、剣を落とし『練り香』を塗った唇に爪《つめ》を立てる。

練り香とマーブル瓶の液体が混ざり合い、唇がかぶれを起こしたのだ。

「ね？　勝ち目しかない」

フェリアは、着地しリュック王子を一瞥した。

隠れていたレンネル領の女性騎士らを入れて、九対九だったのだ。

「父上！　早く、やっつけてください！」

リュック王子がそれでも叫ぶ。

唇を掻《か》きながら、カルシュフォンの者らがフェリアとレンネル領の女性騎士に襲《おそ》いかかってきた。

だが、フェリアはまた鞭を使い別の木に登る。レンネル領の女性騎士らも『マーブル瓶』を振り撒きながら、身軽に木の上へと移った。森の偵察《ていさつ》に長《た》けている者の機敏《きびん》さだ。

「じゃあ、そろそろ『改』を！」

フェリアは大声で次の指示をした。

木の上で待機していたお側騎士とローラとベルが、『剛鉄の泥団子・改』をカルシュフォンの者らに投げつける。

『眠《ねむ》りの花』が仕込まれた『改』を。

臣下らが泥団子を斬《き》った途端、パタン、パタンと崩《くず》れ落《お》ちるように倒れていった。

そして、カルシュフォン王だけがユラユラと体を揺らしながら立っている。

フェリアは木から飛び下りながら、鞭を振るいカルシュフォン王の足下を崩した。

ドサッとカルシュフォン王が倒れる。

「……嬢、上手くいったさね」

ローラがフェリアの横に立った。

フェリアは中央に横たわるカルシュフォン王を見下ろす。

まだ、意識が残っているようで、フェリアに手を伸《の》ばした。

フェリアは、その紫の手を摑《つか》み診《み》た。

「な、ぜ……触《ふ》れ、る？」

フェリアは小首を傾げた。

それから、カルシュフォン王の肌を丹念《たんねん》に確認している。

「お、前、……気味が悪、いと」

「はぁ!? 私のどこが、気味が悪いのよ！　確かに、鞭を振るったり、木に登るなんて王妃らしくはないけれど、身体能力を気味悪がられるなんて、練り香『クスリ』で馬鹿力になった当人に言われたくはないわ」

「ち……が」

カルシュフォン王の言葉はそこまでだった。

薄《うす》れゆく意識の中で、フェリアの声を聞いている。

「嬢、勘違《かんちが》いさね。こいつは……じゃない、カルシュフォン王は、この肌を気味が悪いはずだと思っているさね。だから、なぜ触れられるのかって溢《こぼ》したさ」

フェリアは『は？』と、心底呆れたように口を開く。

「これのどこが気味悪いのよ⁉ 肌に現れる全ての現象は勲章《くんしょう》なの。生きてきた証拠《しょうこ》。赤子はまっさらで生まれるわ。産声《うぶごえ》で赤を宿す。赤は最初の勲章。そこから、色んな経験をして肌に刻まれていくの。最初は、おばちゃんになったシミも、お婆《ばあ》ちゃんになったしわも、勲章なの。それを気味が悪いって言う者はいないわ。病を負った痕跡《こんせき》も、怪我《けが》した傷も、生きている勲章じゃない。人に言葉なく伝えられる誇《ほこ》りよ！」

フェリアは、カルシュフォン王の鼻に『秘花』を押しあてた。

『目覚めの花』はカルシュフォン王の意識を戻していく。

「お前に、何が……わかる？」

カルシュフォン王がフェリアを睨む。

「悪事を背負うのは、愚《おろ》かな王だということぐらいはわかるわ」

「小娘が、知った風な、口をききおって」

「知った風でなく、知っているの」

「何をだ」

フェリアはカルシュフォン王の懐《ふところ》から練り香『クスリ』を取り出す。

「草原を抜けた異民族国家は、『幻惑草』も『幻覚草』も禁止されていない交易圏《けん》だと」

「ああ、その通りだ」

フェリアらより先に到着《とうちゃく》していたリカッロが調べ上げていた。野営をする前に会っていたのだ。

ハンスが従属村の民に扮《ふん》してアルファルドに向かう一方、リカッロは草原の貿易圏に足を伸ばしていた。

国や民族が違えば、習慣もまた違ってくる。

「本当は、肌を治す『薬』を作っていたのでしょ？」

カルシュフォン王が目を閉じた。

「『幻覚草』は、覚醒《かくせい》の薬と称《しょう》されているわ。心身の目覚めを強制する効果がある。肌の覚醒を期待したのでしょ？」

カルシュフォン王は目を瞑《つぶ》ったままだ。だが、意識があることはわかっている。

「軟膏《なんこう》なのは、塗るためだからだな」

リカッロがやってきた。

「従属村の民は、ミタンニに向けて出発したぞ。見張りのカルシュフォンの連中は少なかったからな」

カルシュフォン内では、従属村は王と臣下が担当する。そういう認識だったため、易々《やすやす》とハンスが潜入し調べることができたのだ。

疫病の発生地である従属村には誰も、近寄らなかった。カルシュフォン王と臣下以外は。

それこそ、周期的に臭気を漂《ただよ》わせている村に行きたくはない。

リカッロも、フェリアと同様にカルシュフォン王の手を取る。

「焚《た》けば体内、塗れば体外っていう表現はおかしいが、要するに軟膏にすれば変色した肌にピンポイントで塗布《とふ》できるからだろう」

練り香『クスリ』の目的は、そこにあったのだ。

リカッロは、カルシュフォン王の肌を診た後、ただれ薬を出して塗り始める。

「悪ぃことしちまったな。こいつがただれた後の肌の再生を利用して、美容商品三点セットを使えば、変色に効果があると言うもんだから。いや、俺は反対したんだぞ。相手は王様だっていうからさ」

リカッロの言葉遣《ことばづか》いはどう考えても、王に使うものではないが。

練り香『クスリ』の効力で、マーブル瓶の痒みは唇以外の体に感じないが、実際はかぶれているのだ。『クスリ』が抜ければ、猛烈《もうれつ》に痒み出すことだろう。

「ちょっと、待って！　リカッロ兄さんだって乗り気だったわ。成分は山芋《やまいも》だから、美容にもなるって！」

さてさて、カルシュフォン王をほったらかしにし、フェリアとリカッロは治療《ちりょう》談義を始めた。

「……馬鹿らしくなるな。なぜ、悪事を背負ってしまったか」

カルシュフォン王が呟いた。

今度は目を開けている。

「背負ったなら、下ろせばいいだけ。勲章の肌は誇ればいいの。その肌を忌《い》み嫌《きら》う者になど、鼻で笑えばいいのよ！　恐《おそ》れる者など、目もくれなければいいわ！　利用してくる者など、反対に利用しなさいよ！　そこの赤子のような肌をした王子を見て」

リュック王子は、『剛鉄の泥団子・改』によってスヤスヤ眠っている。

カルシュフォン王が気怠《けだる》げにリュック王子に視線を向けた。

「確かに、どこにも勲章はないな」

カルシュフォン王がそう言って笑った。

「虎《とら》の威《い》を借る狐《きつね》そのものじゃない。狐の首なんていらないわ」

フェリアは鼻で笑う。その後は目もくれず、練り香『クスリ』の作り方を明かせば狐は返すと言った。

「我もそれほど狐は欲《ほっ》しないが」

カルシュフォン王があえて軽口を言った。

「……カルシュフォンをどうする？」

軽口の後の問いは震えている。

「知らないわよ、私の国じゃないもの」

フェリアの返答はキャロラインのようだった。

「未来を描くのは私じゃないわ」

「そうか」

カルシュフォン王の声は安堵《あんど》と共に後悔《こうかい》を滲《にじ》ませていた。

「私は野営をしただけよ。『後始末』はちゃんとして帰るわ」

「ああ、ああ……『後始末』を約束しよう」

未来はそこからだ。

疫病で被害《ひがい》を受けた国からは、きっと断交を言い渡されるだろう。もっと過酷《かこく》なのは、賠償《ばいしょう》金や慰謝料《いしゃりょう》の請求《せいきゅう》。

後始末とは謎《なぞ》の疫病に関して全てを公にすることである。

悪事の後始末をカルシュフォン王は約束したのだ。

8 実り

マクロンとフェリアは、ミタンニ生活を満喫《まんきつ》している。

ダナンに戻《もど》るのではなく、ミタンニに向かい復国の下準備に精を出していた。

かれこれ、婚姻式《こんいんしき》から三カ月も経過している。

ダナンできっとこめかみに青筋を浮《う》かべている者を想像できるが、マクロンとフェリアはどこ吹《ふ》く風だ。

「マクロン様、今日は城壁《じょうへき》外に行きましょう！」

フェリアは、元気よくマクロンのいる王間にやってくる。

「城壁外？」

「ええ！　私、気づきました。農地を起こしましょう。無法地帯を農耕地帯に変えていけばいいのです」

フェリアは、窓辺へと向かう。

マクロンもフェリアの横に並んだ。

「また突拍子《とっぴょうし》もないことを言い出すな」

「そうかしら？　小さく収まっていたら成長しないわ。小国家は、まだ成長の過程でしかないと思います。王一人が許容できる領土から、同志を得て多くの者が豊かになる領土へ成長していく。ここは、そんな地域でしょ？」

フェリアにかかれば、小国家の点在はそんな見方になるのかと、マクロンの視野が広がった。

それは、王間で仕事をするミタンニの民《たみ》も同じである。

「確かに、私の経験を活《い》かすこともできますな」

ダルシュが生け花を持ちながら入ってきた。

ダナンで庭師をしていたダルシュの土壌《どじょう》改良の腕前《うでまえ》は確かだ。

「多くの賛同国から有志も物資も入ってくる。それをこの城壁内に留まらせておくのは、もったいないいな」

マクロンとフェリアの視線の先には、ミタンニに続々とやってくる入国者が見える。

ダナン王マクロンが、下準備と称《しょう》して王妃《おうひ》と共にミタンニに入国したと知るや否《いな》や、入国予定者が押し寄せているのだ。

だから、一カ月以上もミタンニに滞在《たいざい》することになったのだが。

「ここから、全て見渡《みわた》せてしまうのだもの」

城壁に囲まれた都市国家であるミタンニは、城から城壁門を眺《なが》めることができるほどコンパクトな国だ。

この周辺は同じような国ばかりである。

「ただ、防衛能力も並行《へいこう》して上げていかねば、また同じような悲劇に見舞《みま》われる」

マクロンとフェリアは、草原が見える窓辺へと移動した。

「砦《とりで》が必要ですわね」

カロディアでも魔獣《まじゅう》の森を見張る砦がいくつもある。

「国を興《おこ》すというのは、とんでもない労力がいるのだな」

マクロンは、ダナンの地を思い出していた。

彼《か》の地にダナンを建国した祖に思いを馳《は》せる。

「……そろそろ戻りましょうか。誓《ちか》いの地へ」

フェリアはマクロンに身を寄せた。

マクロンがフェリアの腰《こし》に手を回す。

「刺激《しげき》いっぱいの遠出でしたわ」

「私もフェリアのようにひと暴れしたかったぞ。それだけが不満だ」

マクロンとフェリアは顔を見合わせた。

「聞きましたわ、ミタンニの民を鼓舞《こぶ》したと」

変色の体では迷惑《めいわく》をかける、ミタンニには戻れないと打ちひしがれる民たちに、『勲章《くんしょう》を誇《ほこ》って帰還《きかん》しろ』と。

マクロンもフェリアと同じ台詞《せりふ》を吐《は》いていたのだ。

「緑が映《は》える耕作地が広がってほしいな」

マクロンとフェリアの瞳《ひとみ》には、ミタンニの未来が映っていた。


早速《さっそく》、城壁外の地の測量を始める。

マクロンとフェリアのミタンニでの最後の仕事だ。

遠くの方から蹄《ひづめ》の音が聞こえてきて、マクロンとフェリアは顔を上げた。

「……王様！」

声を上げながら、迫《せま》ってくる何者か。

「あれは、確か……」

マクロンは目を細めた。

「少しテカっているな。ゴラゾンか」

陽に照らされたテカリ具合で、マクロンはゴラゾン伯爵《はくしゃく》だと理解した。

馬はマクロンらの手前で減速し止まる。

ゴラゾン伯爵が、汗《あせ》を拭《ふ》きながら馬を下りた。

「郵政役、ゴラゾン参上致《いた》しました！」

何やら威勢《いせい》がいい。

「ゴラゾン、急いでどうしたのだ？」

「今、伝鳥を繋《つな》げている最中なのです！」

ゴラゾン伯爵が空を見上げた。

マクロンもフェリアも空を見上げる。

鳥が三羽ほど旋回《せんかい》していた。

「ミタンニを認識《にんしき》させるために何度も往来し理解させているのです」

清々《すがすが》しいほど元気がいいゴラゾン伯爵に、マクロンは目を見張る。

フェリアが種袋《ぶくろ》を出して伝鳥に与《あた》えている。

「便り所も順調です。『薬事官』が毎年訪問することを約束し、補給村に順次設置しております」

ほとんどの村に医師や薬師は居ない。この辺りで病気や怪我《けが》をすれば、入国が厳しい小国家に頼《たよ》るか、アルファルドまで向かわねばいけなかったのだ。

「どうせ、ガロン兄さんは毎年薬草研究で遠出するのだから問題ないわ。いいえ、問題どころか意気揚々《いきようよう》と村を回るはずね。診察《しんさつ》に置き薬、薬草採りなんて、カロディアでは普通《ふつう》のことだもの」

フェリアは笑った。

「王様」

ゴラゾン伯爵が瞳をキラキラさせながらマクロンを見る。

「なんだ？」

マクロンの脳裏《のうり》を何かが過ぎ去ったが『はて』なんだったかと首を傾《かし》げた。

気を取り直し、ゴラゾン伯爵と視線を合わせた。

「いえ、気長にお待ち致します」

ゴラゾン伯爵が、マクロンからフェリアに視線を移した。

「フフ、ゴラゾン伯爵。十分に満喫しましたから、誓いの地に戻りますわ」

フェリアは、ゴラゾン伯爵に言った。

ゴラゾン伯爵の顔がぱぁっと晴れる。

「王妃様のおかげで、このゴラゾン深い眠《ねむ》りにつけます。良い夢《よ》を見られるのです。ありがたき幸せにございます」

ゴラゾン伯爵がしみじみ言ったのを、マクロンは『ヤバい』と気づく。あれ（毛生え薬）の進捗《しんちょく》をフェリアと話していないと。

ゴラゾン伯爵は、フェリアの帰還により、毛生え薬の開発に期待しているのだろう。

残念ながら、当のフェリアには毛生え薬だと伝わっていないが。

「深い眠り……そうだわ！」

フェリアは、何か閃《ひらめ》いたのかマクロンにとびっきりの笑顔《えがお》を見せる。

「マクロン様、発展の種を見つけました」

フェリアは目を輝《かがや》かせた。

「『多毛草《たもうそう》』の寝具《しんぐ》です！　……カルシュフォンと共同開発致しましょう」

マクロンとゴラゾン伯爵は驚《おどろ》く。

「手を差《さ》し伸《の》べるのですか？」

ゴラゾン伯爵が言った。

カルシュフォンは今四面楚歌《しめんそか》の状態に陥《おちい》っている。

「いいえ、種を育てるだけよ」

フェリアは穏《おだ》やかに笑う。

「『多毛草』の生息地の観測を長年手がけてきたカルシュフォンなら、寝具の材料を効率的に収穫《しゅうかく》できるわけだ」

マクロンは顎《あご》を撫《な》でながら言った。

「きっと、『ふさふさ生える小瓶《こびん》』より、心身共に癒《い》やされますわ！」

フェリアの笑顔が弾《はじ》ける。

マクロンは慌《あわ》てて、ゴラゾン伯爵の視界からフェリアを隠《かく》すように立つ。

そして、フェリアの口元を自身の胸板《むないた》に押しあてるように抱《だ》き締《し》めた。

「十分フェリアで癒やされるから！」

「いやあ、噂《うわさ》に勝《まさ》る溺愛《できあい》でございますね」

ゴラゾン伯爵がニヤニヤしている。

ゴラゾン伯爵の言葉に、マクロンは背筋にむず痒《がゆ》さを感じながら、『ふさふさ生える小瓶』に関して聞き流されたことに安堵《あんど》した。

「皆《みな》の心が癒やされるなら、どんなに素晴《すば》らしいことかしら」

フェリアはマクロンを見上げながら言った。

「寝具は皆に夢を与えますわ。イザーズからは香草を、布地は18番目の元妃《きさき》家の商会で仕入れを、偽物《にせもの》のサシェを作った針子で縫製《ほうせい》作業を。他にも多くの手を使えば、皆が幸せを享受《きょうじゅ》できますから」

「与えるのは、処罰《しょばつ》でなく夢か」

マクロンとフェリアは微笑《ほほえ》み合う。

「王妃様、王妃様が王妃様であって、ダナンはなんと幸せでしょうか」

何やら、感極《かんきわ》まってゴラゾン伯爵が何度も王妃様と呼んでいる。

マクロンはフェリアの手を握《にぎ》った。

「その通りだ、ゴラゾン。この手は多くの種を拾うだろう」

フェリアは照れながら恐縮《きょうしゅく》している。

「そうね。私は31番目の妃。生涯《しょうがい》をかけて三十一の種を実らせていくわ！」


ダナンに帰還して以来、ビンズのマークが激しい。

マクロンの動向を四六時中確認《かくにん》している。

そのせいで、フェリアとも休憩《きゅうけい》を取れずにいた。

「王様」

役人が書類を出す。

「『綿毛の日』の観測予測が出ました」

マクロンはカルシュフォンとミタンニを思い出しながら、役人が提出した書類に目を通す。

「十日後から三日後になるのだな？」

カルシュフォンで言うところの、多毛草の綿毛が多量飛来する期間である。

観測から三カ月後あたりに、盛大《せいだい》に綿毛が舞《ま》う日をダナン王都では『綿毛の日』と呼んでいた。

「はい。王都の警備態勢を至急整えてください」

『綿毛の日』は、民も楽しみにしており、観測予測日は大々的に公表されるのだ。その期間、王都は賑《にぎ》わうが犯罪も増える。

「……ビンズ、聞こえているな」

執務室《しつむ》の扉《とびら》には人影《ひとかげ》があった。

ビンズがニッコリ笑いながら顔を出す。

「かしこまりました！」

王の手足である第二騎士《きし》隊こそ、王都を警備する隊である。

退室するビンズの背を見送り、マクロンはニヤリと笑《え》んだ。

『綿毛の日』最終日。

ビンズは二人の背を追う。

「王様！　王妃様！」

ビンズの声に怯《ひる》むことなく、二人は王塔《おうとう》と王妃塔を繋ぐ外通路から身を翻《ひるがえ》した。

フェリアの鞭《むち》を使ってぶら下がり、二人は中庭へと着地したのだ。

そして、振《ふ》り返《かえ》ることなく駆《か》けていく。

ビンズは、あの恐《おそ》ろしい笑顔に変わった。

「行くぞ」

数人の騎士を引き連れて、ビンズは二人を追った。

「きれい……」

フェリアが夜空を見上げながら言った。

闇夜《やみよ》に真っ白な綿毛が舞っている。アルファルドで見たものとは違《ちが》い、壮大《そうだい》である。

「これをどうしても一緒《いっしょ》に見たかったのだ」

マクロンは、フェリアを後ろから抱き締めながら言った。

マクロンの吐く息に、フェリアがくすぐったそうに身をよじる。

「ここに見に来る者はいないから、周りを気にせずゆっくりしよう」

31番邸《てい》の井戸から抜《ぬ》け出《だ》した先にある森だ。

「本当にゆっくりできまして？」

「大丈夫《だいじょうぶ》だ、奴《やつ》は巻いてきた」

「セオを借りたのは、ビンズを巻くためですか？」

マクロンはわざとフェリアの耳元でコソコソと話す。

「ああ、エミリオには私の代わりを、セオにはフェリアの変装をしてもらった。奴が身代わりに気づくのは時間がかかろう」

マクロンがしたり顔で言った。

「しつこいから、灸《きゅう》を据《す》えた」

「ミタンニから帰ってから、ずっと厳しくビンズに見張られていましたものね」

フェリアがクスクス笑う。

その時、ブワッと風が吹き、いっせいに綿毛が舞い上がる。

「見納めだな」

マクロンとフェリアは綿毛の舞う夜空を見上げた。

次第《しだい》に風が止《や》み、綿毛は闇夜に消えていった。

マクロンは、それでもフェリアを後ろから抱き締めたまま夜空を眺めている。

「遅《おそ》いな、奴は」

「待っているのですか？」

フェリアが含《ふく》み笑《わら》いをした。

ガサッと音がした。

「邪魔《じゃま》をするほど野暮《やぼ》じゃありませんから」

マクロンとフェリアの背に、いつもの声が聞こえたのだった。

終わり

あとがき

はじめまして、桃巴《ももともえ》です。もしくは幾度《いくど》かご挨拶《あいさつ》をしていることでしょう。

『31番目のお妃《きさき》様』八巻をお手に取っていただきありがとうございます。


羽ばたく。

フェリアとマクロンがやっと婚姻式《こんいんしき》を挙げることでもあり、誓《ちか》いの地に留《とど》まらず新たな地へと羽を広げることでもある。

物語の最初の場面は、伝鳥の大空からの視点。パレードを視界に捉《とら》える。旋回《せんかい》し世界樹が映る。王城を眼下に望み、蜜月《みつげつ》の様子、出発の場面へと切《き》り替《か》わっていく。伝鳥の視界がダナンから遠方へ変わる。目的の地へと羽ばたく伝鳥の影《かげ》が大地に映る。そこに騎馬《きば》の一団。同志らを引き連れた二人だ。

そんな想像を脳内で描《えが》きながら、作者は今巻の執筆《しっぴつ》作業を始めました。


いつの間にか八巻。

そして、末広がりの八巻が婚姻式の巻になりました。

物語の最初の場面は……『喜べ、フェリア！　お前は王様のお妃様に選ばれたぞ』でした。その言葉通りに、フェリアは王妃《おうひ》になりました。

一巻から今巻まで、伝鳥の視点のように、心に残る場面が浮《う》かんできます。ひとりひとり心に留める場面は違《ちが》うでしょうが、一緒《いっしょ》に同じ物語を歩んできた読者様もきっと思い浮かべていることと存じます。

作者は、勝手に皆様《みなさま》を同志だと思っています。

毎回想像以上のイラストを描いてくださる山下《やました》ナナオ様、今巻は地図まで素敵《すてき》に仕上げていただき感謝致《いた》します。

担当様、イメージ先行の原稿《げんこう》量プロットに、的確な指摘《してき》をしていただきありがとうございます。

何より、八巻を最後《あとがき》まで目を通してくださった全ての方に、再度お礼申し上げます。

種から始まった物語がどんどん大きく成長し開花する。

さて、作者は読者様に大輪の花をご覧に入れることができたでしょうか？

桃巴

■ご意見、ご感想をお寄せください。
《ファンレターの宛先》
〒102-8177 東京都千代田区富士見 2-13-3
株式会社KADOKAWA ビーズログ文庫編集部
桃巴 先生・山下ナナオ 先生

ビーズログ文庫

●お問い合わせ
https://www.kadokawa.co.jp/（「お問い合わせ」へお進みください）
※内容によっては、お答えできない場合があります。
※サポートは日本国内のみとさせていただきます。
※Japanese text only

31番《ばん》目《め》のお妃様《きさきさま》 8

桃巴《ももともえ》

2022年4月15日 初版発行

発行者　青柳昌行
発行　株式会社 KADOKAWA
〒102-8177 東京都千代田区富士見 2-13-3
（ナビダイヤル）0570-002-301
デザイン　伸童舎
印刷所　凸版印刷株式会社
製本所　凸版印刷株式会社

ISBN978-4-04-736693-0 C0193

定価はカバーに表示してあります。

◇◇◇

あっ
ふー
花壇《かだん》にあったレンガで窯《かま》を作ったの
これで美味《おい》しいパンを作れるわ
では…
早速《さっそく》ですが農機具《のうきぐ》一式《いっしき》が欲《ほ》しいです！
ぱあっ
平民服《へいみんふく》
牛車《ぎっしゃ》
モ～
回想
ニヤッ
私《わたし》の荷物《にもつ》の中《なか》に兄《にい》さんの野営箱《やえいばこ》が紛《まぎ》れ込《こ》んでたんです
今頃兄さん慌てているわ
ビーズログコミックスにて
コミックス①～③巻好評発売中!!!
ちょっと(かなり)変わっているお妃様の成り上がり劇★
31番目のお妃様
七輝翼
原作／桃巴（ビーズログ文庫）
キャラクター原案／山下ナナオ